लाल बत्ती VS यूनिकॉर्न

इतिहास रटना है, या इतिहास रचना है?

आर्यन शर्मा

Green Signal Publications

लाल बत्ती vs यूनिकॉर्न

इतिहास रटना है, या इतिहास रचना है?

अस्वीकरण (Disclaimer)

1. **काल्पनिक कृति:** यह उपन्यास एक काल्पनिक रचना है। इसके मुख्य पात्र, घटनाएं, संवाद और कथानक पूरी तरह से लेखक की कल्पना की उपज हैं।
2. **वास्तविक संदर्भों का उपयोग:** कहानी की पृष्ठभूमि और वैचारिक स्पष्टता हेतु इस पुस्तक में कुछ वास्तविक सार्वजनिक हस्तियों (जैसे: प्रशासनिक अधिकारी, उद्यमी, ऐतिहासिक व्यक्ति), सरकारी विभागों, संस्थानों, ब्रांड्स या ट्रेडमार्क के नामों का उल्लेख केवल **संदर्भ (Reference), दृष्टांत (Illustration) या सामाजिक टिप्पणी (Social Commentary)** के उद्देश्य से किया गया है
3. **कोई पृष्ठांकन नहीं (No Endorsement):** इन नामों का उपयोग किसी भी प्रकार से संबंधित व्यक्तियों या संस्थाओं द्वारा इस पुस्तक के

अनुमोदन या प्रायोजन का दावा नहीं करता है। लेखक का उद्देश्य किसी भी व्यक्ति की मानहानि करना नहीं है।

4. अन्यथा, जीवित या मृत किसी भी व्यक्ति, घटनाओं या स्थानों से पात्रों की कोई भी समानता पूरी तरह से संयोग मात्र मानी जाएगी।

प्रथम संस्करण: 2026

प्रकाशक : Green Signal Publications

भारत में मुद्रित (Printed in India)

विषय सूची

आभार

मेरे माता-पिता के स्नेह,आशीर्वाद,पत्नी के प्रेम,विश्वास,धैर्य, पुत्र के स्नेह और दोस्तों के साथ के लिए दिल से शुक्रिया।यह किताब उन सभी को समर्पित है जो 'भीड़' का हिस्सा न बनकर, अपना 'रास्ता' खुद बनाने का साहस रखते हैं।

– आर्यन शर्मा

प्रस्तावना :0.1% का जूआ या जीरो टू वन की छलाँग

स्वागत है।

इस किताब को हाथ में लेने के लिए शुक्रिया। लेकिन इसे खोलने से पहले, मैं चाहता हूँ कि आप एक छोटा सा गणित (**Math**) करें। डरिये मत, यह **CSAT** का सवाल नहीं है। यह आपकी ज़िंदगी का सवाल है।

भारत में हर साल लगभग **10 लाख** युवा **UPSC** का फॉर्म भरते हैं। कुर्सियां (**Seats**) कितनी हैं? **मुश्किल से 900**। सक्सेस रेट क्या है? **0.1%** से भी कम ।

पीटर थील (**Peter Thiel**) कहते हैं– ***"Competition is for losers."*** (प्रतियोगिता हारने वालों के लिए है)। अगर आप एक ऐसे कसीनो में अपनी जवानी के **5** साल लगा रहे हैं जहाँ जीतने के चांस **99.9% नहीं** हैं, तो माफ़ कीजिये, आप 'तपस्या' नहीं कर रहे, आप एक **बैड इन्वेस्टमेंट (Bad Investment)** कर रहे हैं।

लेकिन हम भारतीय हैं। हमारे लिए सरकारी नौकरी 'करियर' नहीं, 'धर्म' है। हमारे लिए लाल बत्ती वाली गाड़ी 'सुविधा' नहीं, 'इज़्ज़त' का प्रमाण पत्र है। हमारे माँ-बाप हमें प्यार तो करते हैं, लेकिन उस प्यार में एक अदृश्य शर्त होती है– "बेटा, या तो कलेक्टर बन जा, या फिर हमारी नाक कटवा दे।"

यह कहानी **अभिमन्यु** की है। शायद यह कहानी **आपकी** है।

अभिमन्यु वो लड़का है जो कानपुर सेंट्रल स्टेशन पर खड़ा है, जिसके कंधों पर उसके पिता के **PF (Provident Fund)** का बोझ है। वह उस भीड़ का हिस्सा है जिसे "मुखर्जी नगर" की भट्ठी में झोंका जा रहा है–अफ़सर बनकर निकलने के लिए, या राख बनकर उड़ने के लिए।

लेकिन इस किताब मै वह एक सवाल है? एक ऐसा सवाल जो सिस्टम को पसंद नहीं आता।

जो पूछता है: **"हम देश चलाने के लिए (To Rule) इतनी मेहनत क्यों कर रहे हैं? हम देश बनाने के लिए (To Build) मेहनत क्यों नहीं करते?"**

यह किताब एक साधारण लव स्टोरी नहीं है, हालाँकि इसमें प्यार है। एक ऐसी लड़की (काव्या) है जो अभिमन्यु से पूछती है– "तुझे मुंशी बनना है या आर्किटेक्ट?" यह सिर्फ एक संघर्ष की कहानी नहीं है, हालाँकि इसमें बेसमेंट की सीलन, पुलिस का डर और लोगों के ताने भरपूर हैं। यह किताब एक **विद्रोह (Rebellion)** है।

- यह लॉर्ड मैकाले के उस **150** साल पुराने 'सॉफ्टवेयर' के खिलाफ विद्रोह है जो हमें 'बाबू' बनाना चाहता है, 'बॉस' नहीं।
- यह उस सोच के खिलाफ विद्रोह है जो कहती है कि "सेफ खेलो" **(Play Safe)**।
- यह उस झूठ के खिलाफ विद्रोह है जो कहता है कि लाल बत्ती वाली गाड़ी ही सफलता की आखिरी मंज़िल है।

इस किताब में आप देखेंगे कि कैसे एक लड़का 'भीड़' से निकलकर अपना 'रास्ता' बनाता है। कैसे वह **"कॉम्पिटिशन"** के जाल को तोड़कर **"क्रिएशन"**

(Creation) की दुनिया में कदम रखता है। कैसे वह **50,000** की पहली कमाई को सरकारी सैलरी से ज्यादा बड़ा मानता है।

चेतन भगत कहते हैं– **"Don't be serious, be sincere."** तो गंभीरता छोड़िये, और ईमानदारी से खुद से पूछिए:

क्या आप अपनी पूरी ज़िंदगी किसी और की साइन की हुई फाइल को आगे बढ़ाने में बिताना चाहते हैं? या आप वो इंसान बनना चाहते हैं जो उस फाइल को **लिखता** है? अगर आपके अंदर थोड़ी भी शंका है, अगर आपको लगता है कि आप **0.1%** की लॉटरी के भरोसे नहीं बैठ सकते, अगर आपको लगता है कि आपके अंदर एक **'यूनिकॉर्न'** छुपा है जो बाहर आना चाहता है... तो यह पन्ना पलटिये। अध्याय 1 आपका इंतज़ार कर रहा है। सफ़र आसान नहीं होगा। इसमें रिस्क है। इसमें दर्द है। लेकिन जैसा कि इस किताब का हीरो कहता है– "इतिहास रटने में नहीं, इतिहास रचने में मज़ा है।"

चलिए, बाबूगिरी छोड़ते हैं। बॉस बनने का समय आ गया है।

-आर्यन शर्मा

अध्याय 1:पापा का ROI और मेरा हार्टब्रेक

कानपुर सेंट्रल रेलवे स्टेशन। प्लेटफॉर्म नंबर **4**।

यहाँ की हवा में एक अजीब सी गंध थी–पसीने, सस्ती चाय, और फिनाइल की, जो मिलकर 'मिडिल क्लास संघर्ष' की महक बनाती थी।

मेरे सामने श्रम शक्ति एक्सप्रेस खड़ी थी, बिल्कुल वैसे ही जैसे एक भारतीय पिता अपनी उम्मीदें लेकर खड़ा होता है–भारी, थकी हुई, लेकिन फिर भी चलने को तैयार।

मेरे पापा, श्रीमान रमाकांत शर्मा (सिंचाई विभाग के बड़े बाबू), खिड़की के बाहर खड़े थे।

उन्होंने अपनी वही पुरानी, घिसी हुई कॉलर वाली शर्ट पहनी थी जिसे वो पिछले तीन साल से 'सिर्फ खास मौकों पर' पहन रहे थे। आज मुझे विदा करना भी एक 'खास मौका' था।

उन्होंने लोहे की सलाखों को इतनी जोर से जकड़ रखा था कि उनकी पोरें **(Knuckles)** सफ़ेद पड़ गई थीं।

ज्यादातर बाप अपने बेटे को विदा करते वक़्त गले मिलते हैं, रोते हैं। लेकिन मेरे पापा की आँखों में आंसू नहीं थे। उनकी आँखों में **कैलकुलेटर** चल रहा था।

वो मुझे एक बेटे की तरह नहीं, बल्कि एक '**investment**' की तरह देख रहे थे जिसमें उन्होंने अपनी जिंदगी की सारी जमा-पूंजी लगा दी थी और अब उन्हें **ROI (Return on Investment)** चाहिए था।

"अभिमन्यु," उन्होने खिड़की के पास अपना चेहरा लाया। उनकी आवाज़ में वो सख्ती थी जो वो ऑफिस में अपने जूनियर्स के लिए बचाकर रखते थे।

"जी पापा," मैंने सिर झुकाया।

"सुन," उन्होंने आवाज़ धीमी की, जैसे मुझे पाकिस्तान का न्यूक्लियर कोड दे रहे हों। "वर्मा जी के बेटे, समीर से बात हुई? वो वहां 4 साल से है। खबर पक्की है कि इस बार वो 'कलेक्टर' बनेगा।

अगर वो बन गया और तू खाली हाथ लौटा... तो मैं मोहल्ले में मुंह दिखाने लायक नहीं रहूँगा।"

मेरी धड़कनें रुक गईं। फिर वही। **शर्मा जी vs वर्मा जी।** वर्ल्ड वॉर **3** देशों के बीच नहीं, पड़ोसियों के बीच होगा। पापा ने मेरी आँखों में देखा, और वो वाक्य बोला जिसने मेरे अंदर कुछ तोड़ दिया।

"मेरी पीएफ (**PF**) की सारी जमा-पूंजी तेरी कोचिंग की फीस में जा रही है, अभिमन्यु। यह पैसा नहीं है, मेरा खून है।

मुझे यह **ब्याज समेत** इज़्ज़त के साथ वापस चाहिए। वहां इश्क़-विश्क़ के चक्कर में मत पड़ना। याद रखना, तुम वहां पढ़ने नहीं, **युद्ध** पर जा रहे हो।"

ट्रेन ने एक लंबी, दर्दनाक सीटी बजाई। झटका लगा। पापा का चेहरा पीछे छूट गया, लेकिन उनकी वो 'ब्याज' वाली बात मेरे गले में फाँसी के फंदे की तरह अटक गई। मैं अपनी सीट पर गिरा।

मेरे ठीक सामने वाली सीट पर एक जोड़ा (**Couple**) बैठा था। लड़का अपने हाथों से लड़की के बिखरे हुए बाल ठीक कर रहा था, और लड़की ऐसे शर्मा रही थी जैसे पूरी दुनिया में सिर्फ़ वो दोनों बचे हों।

उन्हें देखकर मेरे सीने में एक ऐसी **टीस** उठी कि मुझे अपनी आँखें बंद करनी पड़ीं। अँधेरे में, ट्रेन के पहियों की खट-खट के बीच, मुझे सिर्फ़ एक चेहरा दिखाई दिया।

काव्या।

[फ्लैशबैक: कॉलेज कैंटीन, 2 साल पहले]

मेरे कॉलेज की वो दोपहर मुझे आज भी याद है। बाहर **45** डिग्री की गर्मी थी, लेकिन जैसे ही कैंटीन का दरवाज़ा खुला, मौसम बदल गया।

वो अंदर आई।

चेतन भगत कहते हैं कि जब लड़की आती है तो वायलिन बजता है। गलत। जब **काव्या** आती थी, तो वायलिन नहीं बजता था, बल्कि आसपास का शोर **म्यूट (Mute)** हो जाता था।

उसने काले रंग की एक सिंपल लखनवी कुर्ती और ब्लू जीन्स पहनी थी। उसके कानों में बड़े सिल्वर झुमके थे जो हर कदम के साथ उसके गालों को चूम रहे थे।

उसके बाल... उफ़! उसके बाल खुले थे, थोड़े उलझे हुए, जैसे वो अभी-अभी किसी तूफ़ान से निकलकर आई हो और उस तूफ़ान को भी अपना गुलाम बना लिया हो।

उसकी सबसे खतरनाक चीज़ थी उसकी **आँखें**। गहरी, कत्थई आँखें।

उनमें वो 'शर्माना' नहीं था जो हिंदी फिल्मों में होता है। उनमें एक **आग** थी। एक **एटीट्यूड** था जो चिल्लाकर कह रहा था– "मैं यहाँ किसी की रानी बनने नहीं, अपना साम्राज्य बनाने आई हूँ।"

वो काउंटर पर गई। पसीने से लथपथ लड़कों की भीड़ अपने आप हट गई, जैसे मूसा (**Moses**) के लिए समुद्र हट गया था।

"एक मसाला डोसा और कोल्ड कॉफ़ी। एक्स्ट्रा शुगर," उसकी आवाज़ किसी आरजे (**RJ**) की तरह खनकदार थी।

मैं वहीं खड़ा था, हाथ में समोसा लिए, मुंह खुला का खुला।

मेरे दोस्त ने मुझे कोहनी मारी। "मुंह बंद कर ले मजनूँ, मक्खी घुस जाएगी। वो काव्या है। कॉलेज टॉपर। डिबेट

चैंपियन। और सबसे ज़रूरी बात–अपनी **औकात** के बाहर है।"

पर मैंने भी हार नही मानी,डरते हुए ही सही एक चांस लिया, मैं सीधा उसके पास गया। दिल ऐसे धड़क रहा था जैसे अभी पसलियां तोड़कर बाहर आ जाएगा।

"एक्सक्यूज़ मी," मैंने कहा।

उसने पलटकर देखा। उसकी आँखों में एक सवाल था। उस पल मुझे उसके परफ्यूम की खुशबू आई–गीली मिट्टी और वनीला का एक अजीब सा, नशीला मिश्रण।

"जी?" उसने अपनी एक भौंह ऊपर चढ़ाई।

"वो... एक्स्ट्रा शुगर मत लेना," मैंने हकलाते हुए कहा।

"क्यों? तुम डॉक्टर हो?" वो मुस्कुराई। उसकी मुस्कान... भाई साहब! वो मुस्कान ऐसी थी जिसके लिए आदमी अपनी जायदाद नाम कर दे।

"नहीं," मैंने साँस ली। "क्योंकि तुम पहले से इतनी स्वीट हो कि अगर और चीनी ली, तो हम सबको डायबिटीज हो जाएगी।"

यह लाइन इतनी घटिया (**Cheesy**) थी कि मुझे खुद पर शर्म आ गई। मुझे लगा वो सैंडल निकाल कर मारेगी।

वो दो सेकंड चुप रही।

फिर वो जोर से हंसी। इतनी खुलकर हंसी कि उसकी आँखों के किनारे सिकुड़ गए।

"चीजी (**Cheesy**) है,**"** उसने कहा, **"**लेकिन हिम्मत के पूरे नंबर। उसने मेरी आँखों में सीधे देखा, बिना पलक झपकाए। उस एक पल में मुझे एहसास हुआ कि यह लड़की सिर्फ एक 'स्टूडेंट' नहीं, एक पूरी 'शख्सियत' है।उसने हाथ बढ़ाया। **"मैं काव्या। काव्या मल्होत्रा।"**

मैंने उसका हाथ थाम लिया। उसका हाथ बहुत मुलायम था, लेकिन उसकी पकड़ (**Grip**) बहुत मजबूत थी।

मुझे नहीं पता था कि यह हाथ थामना मुझे जन्नत दिखाएगा, और फिर वही हाथ छोड़ना मुझे नर्क में धकेल देगा।

हमने **2** साल डेट किया। वो मेरी ज़िंदगी का **'गोल्डन पीरियड'** नहीं, **'मैजिक पीरियड'** था।

बरसात में उसकी स्कूटी पर भीगना, लाइब्रेरी के कोने में छुपकर उसे चूमना जब वो पढ़ रही हो, और उसके कंधे पर सिर रखकर अपने सपनों की बातें करना।

वो मुझे समझाती थी, "अभिमन्यु, दुनिया में दो तरह के लोग होते हैं। एक जो **नक्शे (Map)** फॉलो करते हैं, और दूसरे जो **रास्ते** बनाते हैं। तुझे क्या बनना है**?"**

तब मुझे लगता था कि मैं रास्ता बनाऊंगा। उसके साथ।

[फ्लैशबैक ख़त्म: ट्रेन की सीट]

मैंने अपनी आँखें खोलीं। मेरी हथेलियों पर पसीना था।

6 महीने पहले। सिर्फ़ **6** महीने पहले मैंने उस 'मैजिक' का गला घोंट दिया था।

मुझे पापा के शब्द याद आए– "प्यार-व्यार सब धोखा है, आईएएस बन लो, पूरा संसार मौका है।" मिडिल क्लास लड़कों के पास दिल टूटने का विलाप करने की **लक्ज़री** नहीं होती। हमारे कंधों पर पूरे खानदान की उम्मीदों का बोझ होता है।

मैंने काव्या को सीपी (**Connaught Place**) में बुलाया था। "बाबू," मैंने उससे नज़रें चुराते हुए कहा था, "मुझे अर्जुन की तरह सिर्फ़ चिड़िया की आँख दिख रही है। **UPSC** मेरी ज़िंदगी है। मैं तुम्हें टाइम नहीं दे पाऊंगा। यह रिश्ता... यह एक **डिस्ट्रैक्शन** है।"

वो रोई नहीं थी। उसने बस मुझे अपनी उन गहरी आँखों से देखा था, जिनमें अब आग की जगह सिर्फ़ **तरस (Pity)** था।

"डिस्ट्रैक्शन?" उसने धीरे से पूछा था। "अभिमन्यु, तुम अर्जुन नहीं हो। तुम सिर्फ़ एक डरे हुए लड़के हो जो पापा के डर से अपनी खुशियों की बलि चढ़ा रहा है। जाओ, बन जाओ कलेक्टर। जिस दिन तुम्हारे पास **लाल बत्ती** वाली गाड़ी होगी, उस दिन देखना... तुम्हारे बगल वाली सीट **खाली** होगी।"

वो चली गई थी। और मैंने उसे रोकने की कोशिश भी नहीं की थी। क्योंकि मुझे लगा था कि मैंने एक **सौदा** किया है—प्यार के बदले पावर का।

ट्रेन की रफ़्तार बढ़ गई थी। कानपुर पीछे छूट चुका था। और मैं एक लोहे के डिब्बे में बंद, दिल्ली की तरफ भाग रहा था।

जेब से फ़ोन निकाला। वॉलपेपर पर अभी भी उसकी फोटो थी–बारिश में भीगी हुई, हंसती हुई काव्या। मेरा अंगूठा उसके नंबर पर रुका। दिल ने चीखकर कहा– कॉल कर! कह दे कि तू आ रहा है। कह दे कि भाड़ में गया **UPSC।** लेकिन तभी पापा का चेहरा याद आ गया। **"ब्याज समेत इज़्ज़त चाहिए।"**

मैंने फ़ोन बंद कर दिया। एक गहरी, कांपती हुई साँस ली। मैंने 'चिड़िया की आँख' के चक्कर में अपनी **'चिड़िया'** ही उड़ा दी थी।

अब मैं अभिमन्यु नहीं था। अब मैं सिर्फ़ एक **रोल नंबर** था। एक मशीन, जिसे मुखर्जी नगर की फैक्ट्री में भेजा जा रहा था–या तो **अफ़सर** बनकर निकलने के लिए, या फिर **कबाड़** बनकर।

रात हो चुकी थी। ट्रेन अँधेरे को चीरती हुई आगे बढ़ रही थी, बिल्कुल मेरे भविष्य की तरह। क्या लाल बत्ती का

नशा उस वनीला की खुशबू से ज्यादा होगा? या मैंने अपनी ज़िंदगी की सबसे बड़ी गलती कर दी थी?

यह जानने के लिए मुझे उस भट्टी में कूदना था जिसे दुनिया **मुखर्जी नगर** कहती है।

अध्याय 2: लॉर्ड मैकाले का 'सॉफ्टवेयर',स्टील फ्रेम का भूत और वॉर-रूम का नशा

सुबह 6 बजे मैं दिल्ली उतरा। ऑटो वाले ने मुझे **मुखर्जी नगर** के 'बत्रा सिनेमा' के पास उतारा।मैंने सोचा था दिल्ली 'मेट्रो सिटी' होगी, चकाचौंध होगी। लेकिन यह जगह... यह तो एक **ओपन-एयर जेल** थी।

यहाँ की दीवारों पर पुताई नहीं थी, सिर्फ़ कोचिंग के पोस्टर थे जो चीख-चीख कर कह रहे थे: **"IAS बनें 6** महीने में!" (जैसे मैगी बना रहे हों)। "भूगोल के जादूगर–मिश्रा सर!" "इतिहास के शहंशाह–खन्ना सर !"

सड़क पर लड़के-लड़कियां ऐसे चल रहे थे जैसे **'The Walking Dead'** के ज़ॉम्बी हों। कंधे झुके हुए, चप्पल घिसी हुई, और सबके हाथ में 'द हिंदू' अखबार ऐसे चिपका था जैसे वो उनका आधार कार्ड हो।

मैंने अपना सामान उठाया और उस पते पर पहुँचा जो पापा ने दिया था। तीसरी मंज़िल। कमरा नंबर **302**। मकान मालिक (जो शक्ल से ही हिटलर का रिश्तेदार लग रहा था) ने दरवाज़ा खोला।

कमरा क्या था, माचिस की डिब्बी थी। 8x10 का साइज़। अगर मैं ढंग से लेटूँ, तो पैर दरवाज़े से बाहर निकल जाएं। **"7000** रुपये किराया। बिजली अलग। लड़कियाँ नहीं आ सकतीं। दारू नहीं चलेगी। और **10** बजे के बाद मेन गेट बंद," उसने नियम सुनाए।

मैं बैग रखकर बिस्तर पर बैठ गया। गद्दे से अजीब सी महक आ रही थी–शायद पिछले छात्र के **पसीने और आंसुओं** का कॉकटेल था।

दीवार पर पिछले स्टूडेंट ने मार्कर से कुछ लिखा था: **"Failure is not an option." (असफलता विकल्प नहीं है।)** और उसके ठीक नीचे किसी और ने छोटा सा लिखा

था: **"But Depression is mandatory." (लेकिन डिप्रेशन अनिवार्य है।)**

मैंने अपना फ़ोन निकाला। कांटेक्ट लिस्ट खोली। **'Sameer Bhaiya (IAS Aspirant)'** का नंबर सेव था। पापा ने कहा था पहुँचते ही उन्हें कॉल करना। वो मेरे **'दोस्त,लोकल गार्जियन'** और **'विलेन'** सब थे।

फिर मैंने नीचे स्क्रॉल किया। **'Kavya'** का नंबर अभी भी सेव था।

मेरा अंगूठा काव्या के नंबर पर रुका। दिल किया उसे कॉल करूँ। कहूँ– "काव्या, यह जगह बहुत डरावनी है। मुझे तेरी याद आ रही है। मुझ से ना हो रही यूपीएससी।"

लेकिन तभी पापा का डायलॉग याद आ गया– "पीएफ के पैसे लगे हैं... ब्याज समेत इज़्ज़त चाहिए।"

मैंने एक गहरी सांस ली। मिडिल क्लास लड़कों के लिए **करियर** ही महबूब होता है।

मैंने काव्या का नंबर छोड़कर, समीर भैया का नंबर डायल किया। घंटी बजी। "हेलो, समीर भैया? मैं अभिमन्यु। कानपुर से। पहुँच गया हूँ।"

उधर से एक भारी, गंभीर आवाज़ आई। "स्वागत है कुरुक्षेत्र में, अभिमन्यु। आ जाओ मेरे कमरे पर। तुम्हें 'रणनीति' **(Strategy)** समझानी है।" मैंने कहा जरा मुखर्जी नगर टहलते हुए आता हूँ।

मुखर्जी नगर की हवा में ऑक्सीजन कम और 'करंट अफेयर्स' ज्यादा होता है।

मैं बत्रा सिनेमा के सामने खड़ा था, मेरे हाथ में ठंडी हो चुकी चाय थी और सामने हज़ारों छात्र–जो भेड़ों की तरह कोचिंग सेंटर की सीढ़ियाँ चढ़ रहे थे। हर चेहरे पर एक ही भाव था–घबराहट और उम्मीद का एक अजीब सा कॉकटेल। यहाँ हर कोई एक अदृश्य दौड़ **(Race)** में भाग रहा है जिसका फिनिशिंग लाइन एक लाल बत्ती वाली गाड़ी है।

सोचिये, गणित क्या कहता है?

- **सीटें:** 800-1100 (जिसमें से जनरल के लिए और कम)।
- **उम्मीदवार:** 9-13 लाख
- **सक्सेस रेट:** 0.1-0.2%

किसी भी 'रैशनल' (समझदार) इंसान के लिए यह **बैड इन्वेस्टमेंट** है। कसीनो में जीतने के चांस इससे बेहतर होते हैं। लेकिन हम भारतीय मिडिल क्लास लड़कों के लिए यह गणित नहीं, **धर्म** है।

तभी मुझे एक ख्याल आया। अगर **लॉर्ड कॉर्नवॉलिस (Lord Cornwallis)** आज अपनी कब्र से उठकर यहाँ आ जाए, तो वो बहुत खुश होगा। वो अपनी मूंछों पर ताव देते हुए कहेगा–**"Well done, Indians!** हमने तो राज करना छोड़ दिया, लेकिन तुमने हमारा 'सिस्टम' नहीं छोड़ा।"

फ्लैशबैक: वो 'वायरस' जो 1858 में शुरू हुआ

आपको पता है, यह **'बाबूगिरी'** का नशा शुरू कैसे हुआ? इसे थोड़ा रिवाइंड करते हैं।

बात **1854** की है। **लॉर्ड मैकाले (Lord Macaulay)** नाम का एक चतुर अंग्रेज़ था। उसे भारत पर राज करने के लिए तलवारें नहीं, **'दिमाग'** चाहिए थे। उसे ऐसे लोग चाहिए थे जो दिखने में भारतीय हों, लेकिन सोचने में अंग्रेज़।

उसने रिपोर्ट दी: **"We need a class of persons, Indian in blood and colour, but English in taste, in opinions, in morals, and in intellect."** (हमें ऐसे लोग चाहिए जो खून और रंग में भारतीय हों, लेकिन पसंद और अक्ल में अंग्रेज़ हों)।

और ऐसे जन्म हुआ **ICS (Indian Civil Service)** का। अंग्रेज़ों ने इसे कहा था– **"The Steel Frame of India"** (भारत का फौलादी ढांचा)। सुनने में कितना भारी लगता है न? 'स्टील फ्रेम'। जैसे यह देश को टूटने से बचाएगा। लेकिन असलियत में, यह फ्रेम भारत को **'जकड़ने'** के लिए था, बचाने के लिए नहीं।

- **फन फैक्ट (Fun Fact):** क्या आपको पता है कि शुरू में ICS अफ़सर बनने के लिए **घुड़सवारी (Horse Riding)** का टेस्ट पास करना अनिवार्य था? क्यों? क्या उन्हें घोड़े पर बैठकर फाइल साइन करनी थी? नहीं। लॉजिक यह था कि एक अफ़सर हमेशा आम जनता से **6 फुट ऊपर** होना चाहिए। उसे जनता की आँखों में नहीं, जनता के सिर के ऊपर देखना चाहिए।

आज घोड़े चले गए, लेकिन **'सफेद इनोवा'** आ गई। ऊँचाई आज भी वही है। मैकाले का सॉफ्टवेयर आज भी हमारे दिमाग में अपडेट हो रहा है।

फ्रेम जो जंग खा गया: 1947 से आज तक

1947 आया। देश आज़ाद हुआ। नेहरू जी, जो थोड़े रोमांटिक थे, इस सिस्टम को उखाड़ फेंकना चाहते थे। लेकिन तस्वीर में एक व्यावहारिक आदमी था– **सरदार**

पटेल। पटेल जानते थे कि जलते हुए भारत को संभालने के लिए इस **'Emergency Patch'** की ज़रूरत है। उन्होंने कहा था– "अगर मेरे पास यह सर्विस नहीं रही, तो मैं एक यूनाइटेड इंडिया की गारंटी नहीं दे सकता।"

पटेल ने यह सिस्टम इसलिए नहीं बचाया था कि हम आज भी इसकी पूजा करें। उन्होंने इसे इसलिए बचाया था क्योंकि जब घर में आग लगी हो, तो फायर ब्रिगेड के कर्मचारियों को नौकरी से निकाला नहीं जाता, चाहे वे अंग्रेज़ों के ही क्यों न हों।

यह पटेल की 'मजबूरी' और 'बुद्धिमानी' दोनों थी। यह उस समय का **'Emergency Patch'** था।लेकिन कहानी यहाँ ख़त्म नहीं होती। हर 'स्टीव जॉब्स' (पटेल) को एक 'स्टीव वोज़्नियाक' चाहिए होता है। पटेल के पास वो वोज़्नियाक थे– वी.पी. मेनन **(V.P. Menon)**।

अगर आप आज मुखर्जी नगर में किसी एस्पिरेंट से पूछें कि वी.पी. मेनन कौन थे, तो शायद वो रटा-रटाया जवाब देगा– **"Secretary of States Ministry."**

लेकिन असल कहानी यह है कि वी.पी. मेनन कोई टॉपर नहीं थे। वो एक साधारण क्लर्क **(Clerk)** बनकर सिस्टम में आए थे।

सोचिये, एक क्लर्क! जिसने अपनी उंगलियों पर टाइपराइटर घिस-घिसकर, अपनी काबिलियत के दम पर वायसराय **(Viceroy)** के सलाहकार तक का सफर तय किया।

पटेल ने विजन दिया, लेकिन मेनन ने एग्जीक्यूशन **(Execution)** दिया।

जब पटेल ने कहा– "जाओ, उस राजा से साइन करवा के लाओ," तो वो मेनन थे जो फाइल लेकर महलों में जाते थे, कूटनीति लगाते थे, कभी प्यार से तो कभी डांटकर भारत का नक्शा बना रहे थे।

वी.पी. मेनन उस 'स्टील फ्रेम' के वो हिस्से थे जो जंग नहीं खाए थे, बल्कि शार्प **(Sharp)** थे।वो असली **'Hustler'** थे।

विडंबना देखिये... आज मुखर्जी नगर का लड़का वी.पी. मेनन जैसा **'काम'** नहीं करना चाहता, वो सिर्फ वी.पी. मेनन जैसी **'पावर'** चाहता है। मेनन ने साबित किया था कि **पोजीशन** मायने नहीं रखती, **परफॉरमेंस** मायने रखती है। और हम? हम परफॉरमेंस की ऐसी-तैसी करके बस 'पोजीशन' के पीछे भाग रहे हैं।

अगर वी.पी. मेनन आज ज़िंदा होते और किसी "हाउ टू क्रैक UPSC" वाले सेमिनार में चले जाते, तो शायद अपना सिर पीट लेते। वो कहते– "यार, मैंने तो देश जोड़ने के लिए नौकरी की थी, तुम लोग तो बस दहेज का रेट बढ़ाने के लिए नौकरी मांग रहे हो!"

यही फर्क है। वो **नेशन बिल्डर्स** थे। हम **स्टेटस सीकर्स** हैं। मेरे पापा को लगता है कि लाल बत्ती वाली गाड़ी "इज्जत" है। लेकिन असलियत यह है कि वो लाल बत्ती उस पुराने 'स्टील फ्रेम' का जंग लगा हुआ हिस्सा है, जिसे हमने सोने का समझ लिया है।

मैंने चाय का खाली कुल्हड़ डस्टबिन में फेंका। कुल्हड़ फूट गया। काश! हमारी 'गुलामी की मानसिकता' से जकड़ा हुआ यह 'स्टील फ्रेम' भी इतनी आसानी से फूट पाता।

इन्हीं विचारों में उलझा हुआ, मैं **समीर भैया** के कमरे की तरफ बढ़ा। मुझे देखना था कि वो इस 'फ्रेम' के किस हिस्से में फिट होते हैं।

(दृश्य बदलता है: समीर का कमरा-वॉर-रूम का नशा)

मैंने दरवाज़े पर दस्तक दी। अंदर से आवाज़ आई–

"Enter at your own risk."

दरवाज़ा खुला। और मेरे सामने **समीर भैया** खड़े थे। सफेद बनियान, लुंगी, आँखों पर मोटा चश्मा, और हाथ में एक डिजिटल स्टॉपवॉच।

उनका कमरा किसी बैचलर का कमरा नहीं, बल्कि एक **'बंकर'** था।

- दीवारों का पेंट दिख ही नहीं रहा था, क्योंकि वहां भारत का नक्शा चिपका था।
- शीशे पर पोस्ट-इट नोट्स चिपके थे: **Article 370, Fiscal Deficit, Capital Account Convertibility.**
- और सबसे डरावनी चीज़—उनके स्टडी टेबल के ठीक सामने एक बड़ी सी तस्वीर थी: **LBSNAA (मसूरी एकेडमी) का गेट**। उस फोटो के नीचे समीर ने लाल मार्कर से लिखा था: **"MY KINGDOM COMES."**

"आ जा अभिमन्यु," उन्होंने बिना मेरी तरफ देखे कहा। उनकी नज़रें स्टॉपवॉच पर थीं। "बैठ जा, बस 2 मिनट बचे हैं। आंसर राइटिंग का फ्लो टूट जाएगा।"

मैं बिस्तर के एक कोने में दुबक कर बैठ गया।

समीर ऐसे लिख रहा था जैसे वो कोई **बम निरोधक दस्ते (Bomb Disposal Squad)** का एक्सपर्ट हो और किसी टाइम-बम की लाल तार काटने जा रहा हो। उसके माथे

पर पसीना था, हाथ तेज़ी से चल रहा था। माहौल में इतना तनाव था कि लग रहा था अगर उसका पेन रुका, तो पूरा मुखर्जी नगर उड़ जाएगा।

"टाइम अप!" उसने स्टॉपवॉच बंद की और पेन को ऐसे मेज़ पर पटका जैसे तलवार म्यान में रखी हो। फिर उसने अपनी लुंगी ठीक की और मेरी तरफ मुड़ा। उसकी आँखों में एक अजीब सा नशा था—नींद की कमी और अंधी महत्वाकांक्षा (**Ambition**) का कॉकटेल।

"कैसा लग रहा है मुखर्जी नगर?" उसने पूछा।

"ऑक्सीजन कम है भैया," मैंने मुस्कुराते हुए कहा। "और इतिहास का बोझ ज्यादा है।"

समीर हंसा। उसकी हंसी में एक **विलेन वाला कॉन्फिडेंस** था। "यह बोझ नहीं, यह **तपस्या** है, अभिमन्यु। तुझे पता है, **सत्येंद्रनाथ टैगोर** पहले भारतीय थे जो **ICS** बने थे। **1863** में। उन्हें लंदन जाना पड़ा था एग्जाम देने। हमारे पास तो साला बत्रा सिनेमा है, हमें लंदन नहीं जाना।"

फिर उसने मेज पर रखी 'एम. लक्ष्मीकांत' **(Indian Polity)** की किताब पर हाथ रखा, जैसे कोई डॉन अपनी बंदूक पर हाथ रखता है।

"अभिमन्यु, तुझे पता है **मोनोपोली (Monopoly)** क्या होती है? जब बाज़ार में तुम्हारा कोई कम्पटीशन न हो।"

मैं चौंका। "मतलब?"

समीर अपनी कुर्सी से खड़ा हुआ। वह कमरे में टहलने लगा। "देख, बाहर की दुनिया कम्पटीशन में मर रही है। पेप्सी को कोक से लड़ना है, स्विगी को ज़ोमैटो से। लेकिन **सरकार?** सरकार का कोई कम्पटीशन नहीं होता।

सरकार की मोनोपोली होती है।"

उसने दीवार पर लगे भारत के नक़्शे पर अपनी उंगली फिराई और एक ज़िले पर उंगली रोक दी।

"सुना है तेरी वो दोस्त... काव्या? उसे उसके स्टार्टअप के लिए 20 करोड़ की फंडिंग मिली है? मुझे झटका लगा।

"आपको कैसे पता?"

"न्यूज़ में देखा," समीर ने लापरवाही से कहा, वो बेचारी पूरी ज़िंदगी 'कस्टमर' को खुश करने में निकाल देगी। लेकिन हम? हम **राजा** हैं। जिस दिन मैं डीएम **(District Magistrate)** बनूँगा न, उस दिन मेरे साइन से ज़िले का स्कूल खुलेगा और मेरे साइन से बंद होगा। **100** करोड़ के टेंडर मेरे एक **'Initial'** (हस्ताक्षर) पर पास होंगे।"

सैलरी vs नज़राना

समीर मेरे चेहरे के एकदम पास आ गया। उसकी आँखों में अब चमक आ गई थी–लालच की चमक।

"लेकिन भैया," मैंने बीच में टोका। "सैलरी तो सरकार लिमिटेड ही देती है न? उतनी पावर के हिसाब से तो पैसा कम है..."

समीर हंसा। एक ठंडी, व्यंग्यात्मक हंसी। "बेटा, तू अभी भी एक 'एम्प्लोयी' **(Employee)** की तरह सोच रहा है। सैलरी तो क्लर्क गिनते हैं, अभिमन्यु। **राजा तो 'नज़राना' (Tribute) लेते हैं।"**

मैं सन्न रह गया।

"सरकार महीने की पहली तारीख को जो खाते में डालती है, वो तो बस 'पॉकेट मनी' है–ताकि गाड़ी में पेट्रोल और घर में राशन आ सके। असली **'रेवेन्यू मॉडल' (Revenue Model)** तो कहीं और है," समीर ने अपनी उंगलियों से हवा में साइन करने का इशारा किया।

"जिस दिन मैं कलेक्टर की कुर्सी पर बैठूंगा, उस दिन मेरी कलम की नोक से करोड़ों के प्रोजेक्ट पास होंगे। उस साइन की कीमत सैलरी स्लिप में नहीं, **सूटकेस** में आती है। और वो टैक्स-फ्री होती है।

इसे करप्शन मत समझ, इसे **'पावर डिविडेंड' (Power Dividend)** कहते हैं। हम सिस्टम चलाते हैं, तो सिस्टम हमें उसका 'शेयर' देता है।"वह रुका नहीं। वह अपनी फैंटेसी दुनिया में पूरी तरह खो गया था।

"और लाइफस्टाइल देख। काव्या को अपने सारी सुविधाओं के लिए ख़ुद का पैसा खर्च करना होगा ।

मेरे घर में 10 नौकर होंगे वो भी फ्री मैं । **बावर्ची, धोबी, माली, अर्दली...** यहाँ तक कि जूता पहनाने के लिए भी एक आदमी होगा। मैं घंटी बजाऊंगा, और पानी हाज़िर।

बंगले के बाहर 4 गार्ड, लाल बत्ती वाली गाड़ी, और सायरन बजते ही पूरा ट्रैफिक साफ़।

इसे कहते हैं **ROYALTY**, यह नौकरी नहीं है अभिमन्यु, यह **आज के ज़माने की राजशाही** है।"

मेरे रोंगटे खड़े हो गए।

मैं वी.पी. मेनन और सरदार पटेल की 'सेवा' के बारे में सोच रहा था, और समीर यहाँ **'लूट'** और **'सामंतवाद' (Feudalism)** का प्लान बना रहा था। उस पल मुझे समझ आया। समीर 'अफ़सर' नहीं बनना चाहता था। वो अपने बाप-दादा की गरीबी और समाज के अपमान का बदला लेना चाहता था। उसे पैसे नहीं चाहिए थे, उसे **प्रजा** चाहिए थी।

फिलहाल के लिए... समीर भैया का नशा जीत रहा था। मुझे अपनी 'मेहनत की कमाई' वाली सोच बहुत छोटी लगने लगी। क्या वाकई ईमानदारी सिर्फ़ गरीबों के लिए है?

अध्याय 3: एक्स-गर्लफ्रेंड, महंगी कॉफी और 'मुंशी' vs 'आर्किटेक्ट'

काव्या ने मुझे मिलने बुलाया था। कनॉट प्लेस (CP) के Starbucks में।

एक मिडिल क्लास यूपीएससी एस्पिरेंट के लिए स्टारबक्स जाना वैसा ही है जैसे किसी शाकाहारी का चिकन शॉप में जाना–हार्टबीट बढ़ जाती है, और मेन्यु लैटिन भाषा में लगता है।

मैं वहां 15 मिनट पहले पहुँच गया था।

पुरानी आदत, मैं उसे कभी इंतज़ार नहीं करवाता था ।

मैंने वॉशरूम के आईने में अपनी शक्ल देखी। मैंने अपनी 'इंटरव्यू वाली शर्ट' पहनी थी–सफेद, जिसे मैंने खास मौकों के लिए बचाकर रखा था। बाल पानी लगाकर चिपकाए हुए थे। मैं एक 'सीरियस एस्पिरेंट' कम और 'वेटिंग लिस्ट वाला दूल्हा' ज्यादा लग रहा था ।

तभी वो आई। **काव्या।**

चेतन भगत सही कहते हैं, जब एक्स-गर्लफ्रेंड कामयाब होकर सामने आती है, तो बैकग्राउंड में वायलिन नहीं बजता, बल्कि आपकी अपनी **'गरीबी' का ढोल** बजने लगता है । दो साल हो गए थे, लेकिन वो आज भी वैसी ही लग रही थी—या शायद उससे भी बेहतर। उसके चेहरे पर वो **'फाउंडर वाला ग्लो'** था जो किसी फेशियल से नहीं, बल्कि **20** करोड़ की फंडिंग से आता है ।

वह मेरे सामने बैठी। एक अजीब सी खामोशी **(Silence)** थी ।जो दो एक्स-लवर्स के बीच होती है जब उन्हें समझ नहीं आता कि "आई लव यू" और "तू कैसी है" के बीच क्या बोलना है।

"हाय अभिमन्यु," उसने मुस्कुराते हुए कहा। "तू... तू वैसा ही लग रहा है। थोड़ा थका हुआ, थोड़ा और सीरियस।"

"इसे 'तपस्या' कहते हैं काव्या," मैंने अपनी शर्ट का कॉलर ठीक करते हुए कहा। "यूपीएससी का सिलेबस इंसान को निचोड़ देता है।"

वेटर आया। काव्या ने बिना मेन्यू देखे ऑर्डर दिया– "वन आईस्ड लट्टे विद ओट मिल्क, नो शुगर।"

वेटर मेरी तरफ मुड़ा। मेरी जेब में कुल **200** रुपये थे और मेट्रो कार्ड। स्टारबक्स की हवा भी शायद इससे महंगी थी।

"मेरे लिए... पानी। नॉर्मल," मैंने कहा। "गला ख़राब है।"

काव्या ने मुझे घूरा, फिर वेटर से कहा, "इसके लिए भी सेम ले आओ। और एक क्रोइसैन (**Croissant**) भी।"

थोड़ी औपचारिक बातों के बाद, काव्या ने अपनी कोहनी मेज़ पर टिका दी और मेरी आँखों में देखा। **"तो? कब बन रहा है कलेक्टर? कब बदल रहा है देश?"**

उसकी आवाज़ में ताना नहीं, बल्कि एक **दया (Pity)** थी। यही वह पल था जब मेरे अंदर का 'आहत एस्पिरेंट' जाग गया। मुझे उसे गलत साबित करना था। मुझे साबित करना था कि मैंने उसे जिस 'सपने' के लिए छोड़ा है, वह सपना बहुत महान है।

राउंड 1:स्टील फ्रेम और भगोड़े

"हंस मत काव्या," मैंने गंभीर होकर कहा। "तुझे क्या लगता है यह सब मज़ाक है? हम देश का **'स्टील फ्रेम'** हैं। हम वो रीढ़ की हड्डी हैं जिस पर यह देश खड़ा है।"

मैंने एक सांस भरी और अपने 'जनरल स्टडीज' **(GS Paper 4)** के रटे-रटाए उदाहरण फेंकने शुरू किए।

"तू नारी सशक्तिकरण की बात करती है न? तो **किरण बेदी मैम** को देख। वो भी इसी सिस्टम से निकली थीं। जब उन्होंने पीएम की गाड़ी उठवाई थी, तो वो 'पावर' थी। तिहाड़ जेल को आश्रम बना दिया था। वो हिम्मत किसी **CEO** में नहीं होती।"

मैं रुका नहीं, मेरा फ्लो बन गया था।

"और जिस मेट्रो से दिल्ली चल रही है न, वो किसी बिज़नेसमैन ने नहीं बनाई। वो **ई. श्रीधरन सर (Metro Man)** ने बनाई है। वो भी एक ब्यूरोक्रेट थे। अगर वो फाइलों पर साइन न करते, तो दिल्ली आज भी खटारा बसों में धक्के खा रही होती। **टी.एन. शेषन** ने चुनाव सुधारे उनसे नेता कांपते थे। **के.पी.एस. गिल** ने पंजाब को जलने से बचाया। और आज **अजीत डोभाल सर** को

देख ले, देश की सुरक्षा उनके दिमाग से चलती है। अगर ये लोग न होते, तो तेरा यह कैफ़े और तेरा स्टार्टअप... सब धुएं में उड़ चुका होता।"

फिर मैंने अपने तरकश का वो तीर निकाला जो मैं घर से सोचकर आया था। मुझे उसे दिखाना था कि उसका 'कॉर्पोरेट वर्ल्ड' कितना खोखला है।

"और तुम लोग क्या करते हो काव्या? 'एंटरप्रेन्योर'?" मैंने व्यंग्य से कहा।

"तुम्हारे हीरोज़ कौन हैं? वो जो 'किंग ऑफ गुड टाइम्स' कहते थे न खुद को? जो बैंकों का हज़ारों करोड़ खा के लंदन भाग गए। या वो जिन्होंने ने क्रिकेट को धंधा बनाया और रफूचक्कर हो गए।"मैं नाम लूँगा तो ऐसे कई नाम निकल आयेंगे

मेरी आवाज़ थोड़ी ऊँची हो गई थी।

"हमारे अफ़सर देश के लिए **शहीद** होते हैं, काव्या। और तुम्हारे ये तथाकथित 'बिज़नेस टाइकून' देश को **लूटकर** भाग जाते हैं। यही फर्क है हममें और तुममें।"

मैंने गर्व से अपनी छाती चौड़ी की। मुझे लगा मैंने 'होम रन' मार दिया है। मुझे लगा काव्या अब अपनी हार मान लेगी और कहेगी– "वाओ अभिमन्यु, यू आर सो स्मार्ट। मुझे माफ़ कर दो।"

राउंड 2: गूगल बाबा और जिओ क्रांति

लेकिन उसने बस अपनी कॉफ़ी का घूंट भरा, और एक ऐसी मुस्कान दी जो किसी टीचर की होती है जब कोई बच्चा क्लास में गलत जवाब देता है ।

"अभिमन्यु," उसने बहुत प्यार से कहा। "तूने जिन लोगों के बारे मैं बात की वो 'एंटरप्रेन्योर' नहीं थे। वो **'क्रोनी कैपिटलिस्ट'** थे। वो सिस्टम के दामाद थे, जिन्होंने तुम्हारे उसी 'स्टील फ्रेम' वाले बाबूओं को घूस खिलाकर लोन पास करवाए थे।"

उसकी आँखों में चमक आ गई।

"तूने 'लूटने' की बात की? अब ज़रा मेरी बात सुन। आज सुबह तूने ओला-ऊबर की, या ऑटो वाले से लड़ाई

की? अगर तुझे किसी अनजान जगह जाना हो, तो तू **पटवारी का नक्शा** खोलता है या **Google Maps?"**

मैं चुप था।

"तूने अपनी माँ को आखिरी बार चिट्ठी कब लिखी थी? नहीं लिखी न? तूने **WhatsApp** किया। किसने दिया तुझे वो? डाक विभाग ने? नहीं, एक अमेरिकी स्टार्टअप ने।

आज भारत का हर रिक्शेवाला, हर सब्ज़ीवाला **YouTube** देख रहा है, वीडियो कॉल कर रहा है। यह क्रांति किसी सरकारी फाइल ने नहीं, **Jio** के सस्ते डेटा ने की है।"

काव्या रुकी नहीं। वो आज मुझे धोने (**Roast**) के मूड में थी।

"अभिमन्यु, **Flipkart** और **Amazon** ने टियर-**2** शहरों के लड़कों को वो चीज़ें पहुंचाईं जो पहले सिर्फ़ दिल्ली-मुंबई में मिलती थीं।

Paytm को देख–आज गोलगप्पे वाला भी **QR** कोड स्कैन करता है। चिल्लर का झंझट ख़त्म। यह 'ईज़ ऑफ़ लिविंग' किसी डीएम (**DM**) ने नहीं दी, एक इंजीनियर

ने दी है। **Zerodha** ने आम आदमी को इन्वेस्टर बनाया, **Oyo** ने ट्रेवलर्स को सस्ते कमरे दिए।

देश सिर्फ सरकार नहीं चलाती अभिमन्यु, **धंधा (Business)** चलाता है।"

राउंड 3:द रियलिटी चेक: 12th फेल और मीडियोकर सपने

मैं कुछ बोलता, उससे पहले ही उसने गियर बदला। और तूने जिन 4-5 सिविल सर्वेंट्स के नाम गिनाए किरण बेदी, श्रीधरन, शेषन, गिल,डाभोल । मैं इनकी इज़्ज़त करती हूँ। ये सच में 'लीजेंड्स' हैं। इन्होंने पहाड़ तोड़े हैं। लेकिन अभिमन्यु... **Exceptions are not Examples.** (अपवाद उदाहरण नहीं होते)।"

उसने मेज़ पर अपनी उंगली से एक लकीर खींची।

"तू उंगलियों पर **10** नाम और गिनवा सकता है। लेकिन उन **लाखों अफ़सरों** का क्या जिन्होंने पिछले **70** साल में सिर्फ़ अड़ंगे लगाए? किरण बेदी मैम महान थीं क्योंकि वो **'सिस्टम के बावजूद'** **(Desplte the system)** काम

कर रही थीं, सिस्टम की वजह से नहीं। सिस्टम ने तो उन्हें भी साइडलाइन कर दिया था। श्रीधरन सर को काम करने के लिए अलग से 'कॉर्पोरेशन' **(DMRC)** बनानी पड़ी, क्योंकि तुम्हारी नॉर्मल ब्यूरोक्रेसी में तो एक ईंट भी नहीं हिलती।

"और रही बात 'स्टील फ्रेम' की... अभिमन्यु, **12th फेल** मूवी देखी है तूने? पूरा देश तालियां बजा रहा है। मनोज सर का संघर्ष महान है। लेकिन एक देश के तौर पर सोच... क्या यह शर्म की बात नहीं है कि हमारे देश का सबसे टैलेंटेड युवा **5** साल एक अँधेरे कमरे में सड़ता है, जवानी बर्बाद करता है... सिर्फ़ एक नौकरी पाने के लिए? यह एक्सीलेंस का नहीं, **मज़बूरी** का सेलिब्रेशन है।"

"तूने कभी सोचा है कि हमारे देश में इतने कम **नोबेल प्राइज विनर्स** क्यों हैं? हम **ओलंपिक** की मेडल टैली में हमेशा नीचे, बहुत नीचे क्यों रहते हैं? क्योंकि हमारा 'आइंस्टीन', हमारा उसेन बोल्ट लैब में रिसर्च नहीं कर

रहा,खेल के मैदान पर प्रैक्टिस नहीं कर रहा वो मुखर्जी नगर में बैठकर यह रट रहा है कि **'पानीपत की लड़ाई में कौन से हाथी का पेट ख़राब था'**।"

राउंड 4:साउथ कोरिया का आईना और स्टील फ्रेम का 'फैलियर'

मैं कुछ बोलने ही वाला था कि उसने मेरा हाथ पकड़ लिया। उसका हाथ ठंडा था, पर बातें आग जैसी थीं।

"अभिमन्यु, तुलना ही करनी है तो **साउथ कोरिया** से करते हैं। हम **1947** में आज़ाद हुए, वो **1948** में बने। दोनों लगभग साथ शुरू हुए थे। दोनों गरीब थे, दोनों टूटे हुए थे।"

उसकी आवाज़ अब थोड़ी सख्त हो गई थी।

"लेकिन आज **75** साल बाद देख। साउथ कोरिया **'विकसित देशों' (Developed Nations)** की लिस्ट में बहुत ऊपर बैठा है। वहां की **सैमसंग (Samsung), हुंडई**

(Hyundai) और **LG** पूरी दुनिया चला रही हैं। और हम? हम आज भी **'विकासशील'** **(Developing)** और **'पिछड़े'** देशों की लिस्ट में पड़े हैं। हम आज भी 'विश्व गुरु' बनने का सिर्फ़ पोस्टर लगा रहे हैं।"

"क्यों? क्या हमारे पास टैलेंट कम था? नहीं।"

काव्या ने टेबल पर उंगली बजाते हुए कहा, "फर्क **'सिस्टम'** का था। साउथ कोरिया ने अपने बिजनेस और इनोवेशन को बढ़ावा दिया। और तुम्हारे इस महान 'स्टील फ्रेम' ने क्या किया? **1950** से **1990** तक **टाटा** और **बिड़ला** के हाथ-पैर बांध कर रखे। **जे.आर.डी. टाटा** से एयर इंडिया छीन ली। **नारायण मूर्ति** **(Infosys)** को एक कंप्यूटर मंगाने के लिए **3** साल दिल्ली के चक्कर लगवाए। नतीजा देख–**एम्बेसडर कार**। **50** साल तक वो कार बदली नहीं, क्योंकि कम्पटीशन नहीं था, सिर्फ़ 'लाइसेंस राज' था।"

काव्या की बातें कड़वी थीं, पर सच थीं।

"और जिस 'स्टील फ्रेम' की सफलता के तू कसीदे पढ़ रहा है न, उसका रिपोर्ट कार्ड देख– **ग़रीबी** आज भी है। **भ्रष्टाचार** नस-नस में है। **प्रदूषण** से हमारी दिल्ली और कई बड़े शहर गैस चैम्बर बन गए हैं। **बेरोज़गारी** इतनी है कि पीएचडी वाले चपरासी की नौकरी मांग रहे हैं।"

उसने एक गहरा तंज कसा।

"अगर तुम्हारा यह सिस्टम इतना ही सफल होता, तो आज देश का बजट **इनोवेशन** और **रिसर्च** पर खर्च होता। लेकिन सच क्या है**?** हमारा बजट आज भी **सब्सिडी** और **फ्रीबीज़ (Freebies/मुफ्त की रेवड़ियां)** बांटने में खर्च हो रहा है। क्योंकि तुम्हारे सिस्टम ने लोगों को 'सक्षम' नहीं बनाया, उन्हें 'आश्रित' **(Dependent)** बना दिया। यह कहीं न कहीं तुम्हारे इस **स्टील फ्रेम का ही फैलियर** है, अभिमन्यु। इसने देश को बचाया ज़रूर, पर इसे बढ़ने नहीं दिया। इसे **जंग (Rust)** लगा दिया।"

मुंशी या आर्किटेक्ट?

मैं सन्न रह गया। मेरे पास किरण बेदी और डोभाल के नाम तो थे, लेकिन "साउथ कोरिया" और "फ्रीबीज़" वाले तर्क का कोई जवाब नहीं था।

काव्या खड़ी हो गई। "अभिमन्यु, तुझे **मिस्र (Egypt) के पिरामिड** याद हैं?"

"हाँ, क्यों?"

"इतिहास उन **फराओ** और **आर्किटेक्ट्स** को याद रखता है जिन्होंने पिरामिड डिज़ाइन किए। उन **मुंशियों (Clerks)** को कोई याद नहीं रखता जिन्होंने पत्थरों का हिसाब-किताब रखा था।"

यह लाइन सीधे मेरे दिल में लगी।

"**UPSC** तुझे **मुंशी** बनाएगा। स्टार्टअप तुझे **आर्किटेक्ट** बनने का मौका देगा। तय तुझे करना है—तुझे इतिहास **लिखना** है, या सिर्फ़ फाइलों पर **साइन** करना है।"

काव्या ने वेटर को इशारा किया और बिल छीना। उसने अपना कार्ड टैप कर दिया। मशीन से **'बीप'** की आवाज़ आई–मेरी इज़्ज़त नीलाम होने की आवाज़।

"रहने दे," उसने मुस्कुराते हुए कहा। "जब तू किरण बेदी जैसा दबंग अफ़सर बन जाएगा, तब मुझे पार्टी देना। और हाँ, सरकारी खर्चे पर नहीं, **अपनी सैलरी से**।"

वो चली गई। मैं वहां बैठा रहा। मेरे सामने वो महंगी कॉफ़ी रखी थी जो अब कड़वी लग रही थी।

स्टारबक्स के बाहर निकला, तो शाम हो चुकी थी। सड़क पर एक **बत्ती वाली पुलिस वैन** गुज़र रही थी। सायरन बज रहा था। हमेशा मुझे उसे देखकर रोमांच होता था।

लेकिन आज... उसके ठीक पीछे एक **Zomato का डिलीवरी बॉय** अपनी बाइक पर तेज़ी से निकला। उसकी पीठ पर बड़ा सा लाल बैग था।

पुलिस वैन ट्रैफ़िक में फंसी थी, सायरन बजा रही थी। लेकिन वो लड़का... वो किसी सिस्टम का मोहताज नहीं था, वो गलियों से रास्ता निकालकर, **Google Maps** के सहारे अपनी रफ़्तार से चल रहा था।

उस रात मुझे नींद नहीं आई। मेरे कान में काव्या का वो सवाल गूंज रहा था– **"मुंशी बनना है या आर्किटेक्ट?"**

अध्याय 4: पापा का ऑडिट, हेड क्लर्क का बदला और सोने का पिंजरा

काव्या की बातें– *"मुंशी या आर्किटेक्ट?"*–मेरे दिमाग में अभी भी गूंज रही थीं। मैं कनॉट प्लेस से बाहर निकल ही रहा था कि मेरी जेब में वाइब्रेशन हुआ।

स्क्रीन पर नाम चमका: **"Papa Calling..."**

यह एक ऐसा शब्द है जो मुखर्जी नगर के हर लड़के का ब्लड प्रेशर बढ़ा देता है। यह सिर्फ़ एक कॉल नहीं होता, यह एक **ऑडिट रिपोर्ट (Audit Report)** होती है। जो यह चेक करती है कि निवेश **(Investment)** सही दिशा में जा रहा है या नहीं।

मैंने गला साफ़ किया, आवाज़ में थोड़ी झूठी उमंग भरी और फ़ोन उठाया। "हाँ पापा, प्रणाम।"

उधर से वही चिर-परिचित आवाज़ आई, जिसमें थकान भी थी और उम्मीद भी। "खुश रहो बेटा। खाना खा लिया?"

"हाँ पापा, बस अभी खाया," मैंने झूठ बोला। (मेस की पीली दाल और रबर जैसी रोटी अभी भी मेरे पेट में जाने का इंतज़ार कर रही थी)।

"पढ़ाई कैसी चल रही है? प्रीलिम्स पास आ रहा है।"

यही वो पल था। काव्या की बातों ने मेरे अंदर जो चिंगारी लगाई थी, वो उफान मारने लगी। मैं कहना चाहता था– पापा, मुझे यह नहीं करना। मुझे नहीं बनना कलेक्टर। मुझे कुछ अपना बनाना है। मुझे रिस्क लेना है।

मैंने डरते-डरते कहा, "पापा... वो मेरी एक दोस्त है, काव्या। वो अपना स्टार्टअप करती है। उसे अभी 20 करोड़ की फंडिंग मिली है। कह रही थी कि बिजनेस में बहुत स्कोप है... मैं सोच रहा था कि..."

मेरी बात पूरी भी नहीं हुई थी कि उधर से एक सख्त आवाज़ आई। "बेटा, काव्या के बाप के पास बहुत पैसा होगा। वो गिरने का रिस्क ले सकते हैं। हम लोग **'सर्विस क्लास'** हैं। हमारे पास गिरने के लिए गद्दा नहीं है, सीधा ज़मीन है। हड्डी पसली एक हो जाएगी।"

पापा की सांसें थोड़ी भारी हो गईं। फिर उनकी आवाज़ थोड़ी धीमी और भावुक हो गई, जैसे वो कोई पुराना दर्द साझा कर रहे हों।

"बेटा, तूने मुझे देखा है न?" उन्होंने पूछा। "मैं पिछले 30 साल से सिंचाई विभाग में **बड़ा बाबू (Head Clerk)** हूँ। मेरी क्या औकात है? जब साहब की गाड़ी आती है, तो मुझे अपनी कुर्सी छोड़कर खड़ा होना पड़ता है। चाहे मेरे घुटनों में कितना भी दर्द क्यों न हो। साहब मुझसे उम्र में छोटे होते हैं, फिर भी मैंने पूरी ज़िंदगी 'जी सर, यस सर' करते निकाल दी।"

मैं चुप था। सीपी का शोर गायब हो गया। यह उनका 30 साल पुराना ज़ख्म था जो आज बह रहा था।

"मैं नहीं चाहता कि तू मेरी तरह लोकल बस के धक्के खाए," उन्होंने आगे कहा। "मैं चाहता हूँ कि जब तू निकले, तो पुलिस वाले तुझे सैल्यूट मारें। तुझे पता है कलेक्टर की पावर? बेटा, शहर के बीचों-बीच सरकारी बंगला मिलता है, लाल-नीली बत्ती वाली गाड़ी मिलती है, और घर में काम करने के लिए 10 नौकर मिलते हैं। राजाओं वाली ज़िंदगी होती है।"

फिर उन्होंने वो बात कही जो शायद नैतिक रूप से गलत थी, लेकिन उनकी दुनिया के लिए परम सत्य थी।

"और रही बात पैसे की... तो बेटा, सरकारी सैलरी तो सिर्फ़ **'हाथी के दांत'** होती है, दिखाने के लिए। असली मलाई तो कहीं और होती है। एक साइन की कीमत लाखों में होती है। हमारी सात पुश्तें सुधर जाएंगी। जो कर्ज़ मैंने तेरी कोचिंग के लिए **PF (Provident Fund)** से लिया

है न, वो तेरी **एक महीने की 'ऊपर की कमाई'** से उतर जाएगा।"

मेरे रोंगटे खड़े हो गए। मेरे पिता, जो मुझे बचपन में 'सत्यमेव जयते' का पाठ पढ़ाते थे, आज सिस्टम की मजबूरियों ने उन्हें इतना तोड़ दिया था कि वो **भ्रष्टाचार** को **'सफलता'** मान रहे थे।

मैंने धीरे से कहा, "लेकिन पापा, अगर **UPSC** नहीं निकला तो? कम्पटीशन बहुत है..."

"अरे तो क्या हुआ?" पापा ने तुरंत रास्ता निकाला, जैसे उन्होंने सब कुछ प्लान कर रखा हो। "चांद नहीं मिला तो तारे तो मिलेंगे। स्टेट **PSC** है न। डिप्टी कलेक्टर बन जाना, **DSP** बन जाना। अरे, नीचे से नीचे तहसीलदार भी बन गए न, तो भी इलाके में तूती बोलेगी। सिस्टम का हिस्सा तो रहोगे!"

फिर उन्होंने अपनी आवाज़ में थोड़ा लालच और थोड़ा अपनापन घोलते हुए कहा: "और बेटा, शादी-ब्याह भी तो

देखना है। तुझे पता है, कल मिश्रा जी आए थे। अपनी बेटी के लिए पूछ रहे थे। मैंने अभी हां नहीं की। एक बार तू सेलेक्ट हो जा... फिर देख। बड़े-बड़े खानदानी लोग रिश्ता लेकर आएंगे। गाड़ी और कैश तो छोड़, लोग शहर की ज़मीनें लिख देते हैं दामाद के नाम पर। तेरा पूरा भविष्य सेट हो जाएगा।"

पापा रुक गए। शायद उन्हें लगा कि उन्होंने ज़्यादा बोल दिया। "मैं बस तेरी भलाई चाहता हूँ बेटा। प्राइवेट नौकरी में तू सिर्फ़ एक 'कर्मचारी' रहेगा, चाहे कितना भी कमा ले। सरकारी में तू **'सरकार'** रहेगा। अब जा, पढ़ाई कर।"

फ़ोन कट गया।

मैं सन्न रह गया। काव्या बात कर रही थी **'इनोवेशन' (Innovation)** की। और पापा बात कर रहे थे **'एक्सट्रैक्शन' (Extraction)** की–दहेज से, सिस्टम से, समाज से।

पापा मुझे 'अफ़सर' नहीं बनाना चाहते थे। वो मुझे अपनी **30** साल की 'जी-हजूरी' और अपमान का बदला लेने वाला **'बाहुबली'** बनाना चाहते थे। वो चाहते थे कि जिस कुर्सी के सामने वो खड़े होते थे, उनका बेटा उस कुर्सी पर बैठे और दुनिया उसके सामने खड़ी हो।

काव्या ने कहा था– *"पिंजरा तोड़ दे।"* लेकिन उसे यह नहीं पता था कि यह पिंजरा लोहे का नहीं, **बाप के प्यार, कर्ज़ और सामाजिक प्रतिष्ठा (Status)** का बना है। इसे तोड़ना मतलब उन्हें तोड़ना।

मैं वापस अपने कमरे में आया और कुर्सी पर बैठ गया। सामने **लक्ष्मीकांत** की किताब खुली थी। अचानक मुझे वो किताब 'ज्ञान का भंडार' नहीं, बल्कि पापा के लोन को चुकाने की **चेकबुक** लगने लगी।

मैंने किताब उठाई और पढ़ने लगा। सपने अपनी जगह हैं, और घर की जिम्मेदारियां अपनी जगह। उस रात मुझे समझ आया कि भारत में स्टार्टअप शुरू करना आसान

है, लेकिन एक मिडिल क्लास बाप को यह समझाना कि **"इज्ज़त पैसे से नहीं, काम से मिलती है,"** दुनिया का सबसे मुश्किल काम है।

अध्याय 5: उम्मीदों का शोरूम और डर का धंधा

अगली सुबह मैं अपनी कोचिंग क्लास में था। यह क्लासरूम कम, और **'कन्सर्ट हॉल'** ज़्यादा लगता था। एक बड़े से हॉल में **500** लड़के-लड़कियां ठुंसे हुए थे, बिल्कुल वैसे ही जैसे मुंबई की लोकल ट्रेन में लोग भरे होते हैं। फ़र्क सिर्फ़ इतना था कि लोकल ट्रेन मंज़िल तक पहुँचाती है, और यह क्लासरूम... शायद कहीं नहीं।

पोडियम पर हमारे 'स्टार फैकल्टी' खड़े थे– **खन्ना सर**। खन्ना सर मुखर्जी नगर के 'शाहरुख खान' थे। उनकी क्लास में बैठने के लिए बच्चे सुबह **5** बजे से लाइन लगाते थे। मज़ेदार बात यह थी कि खन्ना सर ने खुद **4** बार **UPSC** दिया था और चारों बार फेल हुए थे। लेकिन आज वो हम सबको बता रहे थे कि पास कैसे होना है। विडंबना (Irony) देखिये– **वो अफ़सर नहीं बन पाए, इसलिए करोड़पति बन गए।**

आज का टॉपिक था– **GS Paper 4: Ethics (नीतिशास्त्र)**। खन्ना सर माइक पर गरज रहे थे: "ईमानदारी एक सिविल सर्वेंट का सबसे बड़ा गहना है। **Integrity is non-negotiable..."**

मैं उनकी बात सुन रहा था, लेकिन मेरा दिमाग कल रात पापा की बातों पर अटका था– "असली मलाई ऊपर की कमाई में है, बेटा।" कैसा मज़ाक था! हम यहाँ लाखों रुपये की फीस देकर 'ईमानदारी' का पाठ पढ़ रहे थे ताकि कल सिस्टम में जाकर 'बेईमानी' कर सकें और दहेज का रेट बढ़ा सकें।

तभी खन्ना सर ने कुछ ऐसा कहा जिसने हॉल में सन्नाटा खींच दिया। उन्होंने बोर्ड पर एक नंबर लिखा: **0.1% से भी कम**

"दोस्तों," उन्होंने अपनी आवाज़ धीमी करते हुए, नाटकीय अंदाज में कहा, "यह तुम्हारा सक्सेस रेट है। इस साल

10 लाख फॉर्म भरे जाएंगे। सीटें हैं सिर्फ़ 900। यानी 99.9% लोग फेल होंगे।"

हॉल में बैठी भीड़ एक पल के लिए सहम गई। सबके चेहरों पर डर आ गया। लेकिन खन्ना सर तो मंझे हुए खिलाड़ी थे। वो डर बेचते थे, फिर उम्मीद। उन्होंने तुरंत गियर बदला।

"लेकिन... अगर तुम मेरी स्ट्रेटेजी फॉलो करोगे, मेरे नोट्स रट लोगे, तो तुम उस 0.1% में आ सकते हो!"

तालियां बजीं। ज़ोरदार तालियां। समीर भैया भी मेरे बगल में बैठे ताली पीट रहे थे। सबको लगा कि सर उन्हें रास्ता दिखा रहे हैं। लेकिन मुझे लगा कि सर हमें **'लॉटरी का टिकट'** बेच रहे हैं।

क्लास ख़त्म हुई। मैं बाहर निकला। पार्किंग में खन्ना सर अपनी चमचमाती **Audi** कार की तरफ बढ़ रहे थे। उनके पीछे दो असिस्टेंट फाइलें लेकर दौड़ रहे थे, जैसे वो किसी वीआईपी (**VIP**) के बॉडीगार्ड हों।

मैंने एक अजीब चीज़ नोटिस की, जो शायद पहले कभी नहीं दिखी थी। खन्ना सर, जो सिस्टम में 'फेल' हो गए थे, वो **Audi** में घूम रहे थे। और मेरे पापा, जो सरकारी नौकरी में 'सफल' थे, वो आज भी पुराने **बजाज स्कूटर** पर चलते थे।

तभी मेरी नज़र क्लासरूम के बाहर लगे एक होर्डिंग पर पड़ी। उसमें पिछले साल के टॉपर की फोटो थी। नीचे लिखा था– **"सफलता का एक ही नाम–खन्ना क्लासेज।"** लेकिन मैंने गर्दन घुमाई, तो उसी लड़के की फोटो बगल वाली कोचिंग के पोस्टर पर भी थी। और उसके बगल वाली पर भी। हर कोचिंग दावा कर रही थी कि टॉपर उनका है।

मेरे दिमाग में समीर भैया की बात गूंजी– "यह स्टील फ्रेम है।" नहीं भैया, यह स्टील फ्रेम नहीं है। यह **"धंधा"** है।

यह शिक्षा नहीं थी। यह डर का धंधा था। मेरे पापा ने अपनी पीएफ (**PF**) तुड़वाकर, माँ के गहने गिरवी रखकर जिस 'सिस्टम' को पैसा दिया था, वह सिस्टम मुझे अफ़सर बनाने के लिए नहीं, बल्कि खुद अमीर बनने के लिए चल रहा था।

मैं खन्ना सर की **Audi** को धूल उड़ाते हुए जाते देख रहा था। उस पल मुझे एक **ब्रह्मज्ञान** हुआ। इस पूरे गेम में सबसे बड़ा **'स्टार्टअप'** तो यह कोचिंग सेंटर ही है!

अमेरिका में जब 'गोल्ड रश' **(Gold Rush)** हुआ था, तो पैसा सोने की खुदाई करने वालों ने नहीं कमाया था। पैसा उन्होंने कमाया था जिन्होंने खुदाई करने वालों को **'फावड़े' (Shovels)** बेचे थे।

हम यहाँ खुदाई कर रहे थे। और खन्ना सर हमें **1.5** लाख रुपये के फावड़े बेच रहे थे। मैं वहां खड़ा होकर उस भीड़ को देख रहा था जो अगली क्लास के लिए धक्का-मुक्की कर रही थी। मुझे उन सबमें अब 'भविष्य के

कलेक्टर' नहीं दिख रहे थे। मुझे उन सबमें **'ग्राहक'** **(Customers)** दिख रहे थे।

मैंने अपनी जेब से फ़ोन निकाला। काव्या सही थी। मैं गलत रेस में दौड़ रहा था। मैंने कांटेक्ट लिस्ट खोली और **समीर** को मैसेज किया: **"भाई,मैं तो अपना स्टार्टअप खोलूँगा ? यूपीएससी से तो मेरा भरोसा उठ गया है "**

सेंड बटन दबाते ही मुझे लगा कि मैंने सिर्फ़ एक मैसेज नहीं भेजा, बल्कि उस 'पिंजरे' की पहली सलाख काट दी है।

(थोड़ी देर बाद) समीर का रिप्लाई आया: "दिमाग खराब है? धूप ज्यादा लग गई क्या? चुपचाप कमरे पे जा और लक्ष्मीकांत पढ़। ये स्टार्टअप-वार्टअप अमीरों के चोचले हैं। हम मिडिल क्लास हैं, हमारी किस्मत में रिस्क नहीं, रट्टा लिखा है।"

मैं हंसा। समीर को 'फावड़े' और 'सोने' का फर्क नहीं पता था। लेकिन मुझे पता चल गया था। मुझे अब फावड़ा नहीं चलाना था। मुझे अपनी मशीन बनानी थी।

मैंने **काव्या** का नंबर डायल किया। "हैलो काव्या? मैं अभिमन्यु। मुझे तुमसे मिलना है। ब्रेकअप की बात करने के लिए नहीं... **बिजनेस** की बात करने के लिए।"

अध्याय 6: डबल एजेंट, व्हाट्सएप वाला धंधा और 50,000 का कॉन्फिडेंस

कोचिंग के सेमिनार के बाद मैंने क्लास नहीं छोड़ी। **1.5** लाख की फीस का भूत मुझे क्लास में खींच लाता था। मैंने तय किया कि मैं **"बैटमैन"** बनूंगा। दिन में खन्ना सर का **'आज्ञाकारी शिष्य'**, और शाम को **'गुप्त एंटरप्रेन्योर'**।

लेकिन बैटमैन के पास पैसा और गैजेट्स थे, मेरे पास सिर्फ **नींद की कमी** थी और **मेट्रो का पास** था।

चरण 1: काव्या और खिड़की वाला आईडिया

मैं जल्दबाजी में स्टार्टअप के आईडिया के साथ अगले दिन काव्या के ऑफिस में पहुँचा पर काव्या ने मेरी "नोट्स बेचने" वाले आईडिया को देखकर कहा कि या तो तू यूपीएससी छोड़ने की भड़ास निकाल रहा है या फिर अभी भी यूपीएससी का हैंगओवर उतरा नही है, बहुत ही

बकवास आईडिया है और मेरे आईडिया की बत्ती बनाकर काव्या ने उसे डस्टबिन में फेंक दिया । खिड़की से नीचे दिखाते हुए उसने कहा था: "भारत की सबसे बड़ी समस्या 'नोट्स' नहीं, **'असंगठित लॉजिस्टिक्स'** है। वो ट्रक आधा खाली है, वो ऑटो वाला ओवरलोडेड है। अगर तू उस ट्रक की **'बची हुई जगह'** उस दुकानदार को बेच दे, तो दोनों का फायदा होगा। इसे **PTL (Partial Truck Load)** कहते हैं।"

उसने मुझे चैलेंज दिया था: "जा, एक डील करके आ।"

चरण 2: पहला शिकार और व्हाट्सएप ग्रुप (शाम 6 बजे)

मैं सदर बाज़ार में था। तीन दिन की बेइज्जती के बाद, मैंने काव्या का **"लालच" (Fear Of Missing Out)** वाला फार्मूला अपनाया। मैंने 'गुप्ता टॉयज़' वाले सेठ जी से कहा– "पड़ोसी का माल सस्ते में जा रहा है, **500** बचाने हैं तो बोलो।" डील हो गई। मुझे **200 रुपये** मिले।

लेकिन 200 रुपये से साम्राज्य नहीं बनता। रात को मैंने काव्या को कॉल किया। "काव्या, 200 रुपये में तो मेरा मेट्रो का किराया ही निकल रहा है। बड़ा पैसा कैसे बनेगा?"

काव्या ने कहा, "स्केल (**Scale**) कर, गधे! तू हर जगह खुद नहीं जा सकता। टेक्नोलॉजी का यूज़ कर।" "पर मुझे ऐप बनाना नहीं आता," मैंने कहा।

"तो **व्हाट्सएप** किसलिए है?" काव्या ने डांटा। "एक ग्रुप बना। उसमें उन 50 ट्रक ड्राइवरों को जोड़ जिनसे तू मिला है। और दूसरे ग्रुप में उन दुकानदारों को जोड़। तुझे **'बिचौलिया' (Broker)** नहीं, **'प्लेटफॉर्म'** बनना है।"

उस रात मैंने एक ग्रुप बनाया– **"Sadar Load Share"**। यह मेरा **पहला डिजिटल प्रोडक्ट** था।

चरण 3: पागलपन का एक महीना (The Month of Madness)

अगला एक महीना मेरी ज़िंदगी का सबसे मुश्किल और रोमांचक महीना था।

दिन में: मैं खन्ना सर की क्लास में पिछली बेंच पर छुपकर बैठता। सर पढ़ा रहे होते– *"अकबर की मनसबदारी प्रथा..."* और मैं बेंच के नीचे फ़ोन पर टाइप कर रहा होता– *"एक ट्रक कानपुर जा रहा है, 200 किलो की जगह खाली है। रेट 8 रुपये/किलो। किसी को माल डालना है?"*

समीर भैया कोहनी मारते– "अरे लिख न! सर क्या बोल रहे हैं।" मैं कहता– "भैया, मैं 'डिजिटल नोट्स' बना रहा हूँ।" उन्हें क्या पता था कि मैं नोट्स नहीं, **इनवॉइस** बना रहा हूँ।

शाम को: मेट्रो के धक्के और सदर बाज़ार की धूल। मैं अब 'लड़का' नहीं, 'भाई' बन गया था। ट्रक वाले मुझे फ़ोन करते– "अभिमन्यु भाई, वापसी में गाड़ी खाली आ रही है, कुछ लोड करवा दो।" दुकानदार फ़ोन करते– "माल फंसा है, लगवा दो।"

मेरी जेब में जो पहले **200** रुपये आए थे, वो अब बढ़ने लगे थे। **200... 500... 2000...** हर दिन कमीशन आ रहा था।

काव्या मेरी फिर से गर्लफ्रेंड कम परमानेंट गाइड बन गई थी। हर रात मैं वीडियो कॉल पर उसे हिसाब बताता था। मैं एक्सेल शीट (**Excel Sheet**) पर एंट्री करता था। "गुड गोइंग मिस्टर सीईओ," वो कहती। "आज का प्रॉफिट **1500** रुपये है।"

नींद हराम हो चुकी थी। आँखों के नीचे गड्ढे पड़ गए थे। क्लास में खन्ना सर ने मुझे एक बार खड़ा करके पूछा भी– *"बेटा, नशा-वशा तो नहीं करते? शक्ल एकदम चोरों जैसी हो गई है।"* पूरी क्लास हंसी थी। मैं भी हंसा था। क्योंकि मेरी जेब में उस वक़्त **12,000 रुपये कैश** पड़ा था। मुझे उनकी हंसी से फर्क पड़ना बंद हो गया था।

चरण 4: 50,000 का माइलस्टोन (महीने का आखिरी दिन)

महीने का **30**वां दिन था। मैं और काव्या सीपी (**CP**) के स्टारबक्स में बैठे थे। (हाँ, अब मैं अपनी कमाई से वहां जा सकता था)।

काव्या ने लैपटॉप मेरी तरफ घुमाया। "कांग्रेचुलेशंस," उसने मुस्कुराते हुए कहा। "तेरी इस महीने की नेट कमाई **(Net Profit)... 52,400 रुपये** है।"

मैं सन्न रह गया। **50,000** रुपये! और मैंने यह **एक महीने** में, क्लास बंक करके, एक टूटे हुए फ़ोन और व्हाट्सएप ग्रुप से कमाया था।

काव्या ने मेरा हाथ पकड़ा। "अब तू एस्पिरेंट नहीं है अभिमन्यु। तूने अपना 'प्रूफ ऑफ़ कांसेप्ट' **(PoC)** साबित कर दिया है। अब फैसला तुझे लेना है। या तो क्लास में बैठकर अशोक के मरे हुए घोड़े गिन, या बाहर निकल और अपने ट्रक दौड़ा।"

चरण 5: द ब्रेकिंग पॉइंट (अगली सुबह)

अगली सुबह मैं कोचिंग गया। जेब में वो **50,000 का चेक** (जो मैंने खुद को इशू किया था महसूस करने के लिए) रखा था।

खन्ना सर 'वीकली टेस्ट' ले रहे थे। मेरे सामने OMR शीट थी। सवाल नंबर 1: 'प्लासी का युद्ध किसके बीच हुआ था?'

मैं उस सवाल को घूरता रहा। अचानक, मुझे हंसी आने लगी। मेरे बगल में समीर पसीने में लथपथ होकर गोले भर रहा था, जैसे उसकी ज़िंदगी इसी काले गोले पर टिकी हो।

मुझे रिलाइज़ हुआ– **मैं यहाँ क्या कर रहा हूँ?** मैं यहाँ एक सीट के लिए लड़ रहा हूँ जो शायद मुझे कभी न मिले। जबकि बाहर एक पूरी दुनिया है जो मुझे **पैसे** देने को तैयार है, बस मुझे उनकी समस्या सुलझानी है।

मेरे अंदर का डर ख़त्म हो गया। पैसा सिर्फ चीज़ें नहीं खरीदता, पैसा **आज़ादी (Freedom)** खरीदता है। **50,000** रुपये ने मुझे 'ना' कहने की ताकत दे दी थी।

मैंने अपनी पेन मेज़ पर पटकी। खट! समीर चौंक गया। "क्या हुआ?"

"मुझसे नहीं होगा भैया," मैंने जोर से कहा। क्लास में सन्नाटा छा गया।

"पागल हो गया है? टेस्ट दे," समीर फुसफुसाया।

"नहीं," मैंने अपना बैग उठाया। "समीर भैया, प्लासी का युद्ध **1757** में हुआ था, लेकिन मेरी लड़ाई अभी है। और मैं उसे जीतने जा रहा हूँ।"

मैं खड़ा हुआ। खन्ना सर मुझे घूर रहे थे। "कहाँ जा रहे हो अभिमन्यु? टेस्ट छोड़कर जाने का मतलब फेल होना है।"

मैं मुस्कुराया। मैंने अपनी जेब पर हाथ रखा जहाँ वो 50,000 का वर्चुअल चेक था। "सर, मैं फेल नहीं हो रहा। मैं बस... अपना **सब्जेक्ट** बदल रहा हूँ। मुझे इतिहास नहीं, भविष्य बनाना है।"

मैं क्लास से बाहर निकल आया। सीढ़ियां उतरते हुए मैंने कोचिंग का आई-कार्ड (ID Card) कूड़ेदान में डाल दिया।

मैंने पापा के 1.5 लाख डुबो दिए थे? नहीं। मैंने आज अपनी ज़िंदगी का **सबसे बड़ा निवेश** किया था।

मैंने काव्या को मैसेज किया: **"I quit. Full time now. चलो दुनिया हिलाते हैं।"**

अध्याय 7: बगावत की रात, ट्रांसफर का ट्रॉमा और 50,000 का चेक

संपर्क क्रांति एक्सप्रेस अपनी रफ़्तार से भाग रही थी, लेकिन मेरे दिल की धड़कनें उससे तेज़ थीं। मेरे बैग में इस बार 'लक्ष्मीकांत' या 'स्पेक्ट्रम' की किताबें नहीं थीं। मेरे बैग में मेरी एक महीने की कमाई का **50000 रुपये का चेक** था। और दिमाग में एक तूफ़ान।

घर पहुँचा। वही पुरानी गली। वही लोहे का गेट जिस पर जंग लगा था। अंदर गया तो देखा पापा बरामदे में बैठे अपने पुराने टेलीविज़न पर गाने देख रहे थे। माँ रसोई में थी, भिंडी की सब्ज़ी की खुशबू आ रही थी। सब कुछ कितना शांत, कितना सुरक्षित था। और मैं यहाँ एक **बम** फोड़ने आया था।

रात का खाना और वह सवाल

रात के खाने पर सन्नाटा था। सिर्फ़ हमारे चबाने की आवाज़ आ रही थी। पापा ने रोटी का टुकड़ा तोड़ा और बिना मेरी तरफ देखे पूछा: "एडमिट कार्ड आ गया? सेंटर कहाँ पड़ा है इस बार?"

मेरे हाथ रुक गए। यह वो सवाल था जिसका रिहर्सल मैंने ट्रेन में सौ बार किया था। मैंने पानी का घूंट पिया। गला सूख रहा था।

"पापा... मुझे आपसे कुछ ज़रूरी बात करनी है," मैंने धीमी लेकिन स्पष्ट आवाज़ में कहा। "मैं इस बार एग्जाम नहीं दे रहा।"

कमरे में ऐसा सन्नाटा छा गया जैसे किसी की मौत की खबर आई हो। माँ रसोई से बाहर आ गई, हाथ में पल्लू पकड़े।

"क्या बकवास कर रहा है?" पापा की आवाज़ में कंपन था। "दिमाग ख़राब हो गया है? दिल्ली की हवा लग गई है?"

"नहीं पापा," मैंने हिम्मत जुटाई। "मुझे समझ आ गया है कि यह मेरे लिए नहीं है। मैं अपना काम शुरू कर रहा हूँ। लॉजिस्टिक्स का। ट्रक एग्रीगेटर का।"

पापा अपनी कुर्सी से खड़े हो गए। उनका चेहरा गुस्से से लाल हो रहा था। "बिज़नेस? दुकान? दुकान खोलेगा मेरा बेटा?" वह चिल्लाए। "पूरी ज़िंदगी मैंने घिस-घिस कर इसलिए बिता दी कि मेरा बेटा 'बनिये की दुकान' पर बैठे? अरे, हमारा काम पढ़ना और राज करना है, सौदा बेचना नहीं!"

"यह दुकान नहीं है पापा, यह स्टार्टअप है। टेक्नोलॉजी है..."

"चुप रह!" पापा ने मेज़ पर हाथ मारा। "तुझे पता है प्राइवेट काम क्या होता है? आज है, कल नहीं। प्राइवेट वाले चूस कर गुठली की तरह फेंक देते हैं। सिर्फ़ सरकारी नौकरी में सुरक्षा है। सिर्फ़ सरकारी!"

तर्क: जेल vs रिस्क

"पापा, आप किस सुरक्षा की बात कर रहे हैं?" मैं भी अब खड़ा हो गया था। मेरा सब्र का बांध टूट रहा था।

"आप न्यूज़ पेपर नहीं पढ़ते? पिछले महीने देखा था न? आपके ही डिपार्टमेंट के गुप्ता जी.... 20 साल की सर्विस के बाद 2 लाख की रिश्वत में पकड़े गए। आज वो जेल में हैं। सारी इज़्ज़त, सारी पेंशन एक झटके में ख़त्म। बदनामी अलग। क्या यह सुरक्षा है? प्राइवेट में अगर मैं फेल हुआ तो सड़क पर आऊंगा, लेकिन कम से कम जेल तो नहीं जाऊंगा! मुझे वो रिश्वत और डर वाली ज़िंदगी नहीं चाहिए।"

पापा कुछ बोलने ही वाले थे कि मैंने उन्हें रोक दिया। "और आप PSC की बात कर रहे थे? पापा, आपको पता है PSC का सच? जवानी में घुसते हैं और बुढ़ापे तक प्रमोशन का इंतज़ार करते हैं। 20-20 साल लग जाते हैं एक SDM को IAS प्रमोट होने में,एक dsp को IPS

बनने मैं। तब तक सिर्फ़ **IAS, IPS** की जी-हजूरी करनी पड़ती है। मुझे वो रुकी हुई **(Stagnant)** ज़िंदगी नहीं चाहिए।"

पापा लड़खड़ाए और सोफे पर बैठ गए। "लेकिन मेहनत... तूने इतनी मेहनत की है..."

"हाँ, मेहनत!" मैंने अपनी छाती पर हाथ रखा। "मैं रोज़ **14** घंटे पढ़ता हूँ। किसलिए? उस **0.1%** **चांस** के लिए? यह करियर नहीं है पापा, यह **जुआ (Gambling)** है! वही **14** घंटे की मेहनत अगर मैं अपने धंधे में डालूंगा, तो वहां रिज़ल्ट मेरे हाथ में होगा, किसी एग्जामिनर के मूड पर नहीं।"

पापा मुझे ऐसे देख रहे थे जैसे मैं कोई एलियन हूँ। "पापा, दुनिया बदल गई है। एलन मस्क, मार्क जुकरबर्ग, स्टीव जॉब्स... इनमें से किसी ने सरकारी एग्जाम पास नहीं किया था, लेकिन आज सरकारें उनसे डरती हैं। सैम

ऑल्टमैन को देखिये, उसे कंपनी से निकाला गया, उसने वापसी की और दुनिया हिला दी।

और विदेश छोड़िये, अपने देश को देखिये। रितेश अग्रवाल को जानते हैं? **OYO** वाला। मेरी उम्र का है वो। जब मैं यहाँ रट्टा मार रहा था, वो अपनी कंपनी खड़ी कर रहा था। आज वो अरबपति है। अमन गुप्ता (**boAt**) ने हेडफोन बेचकर अपना एम्पायर बना लिया। मुझे 'बाबू' नहीं बनना पापा, मुझे निर्माता बनना है।"

पापा की आँखों में अब गुस्सा नहीं, हार (**Defeat**) और डर था।

"तुझे लगता है मैं डरपोक हूँ?"पापा ने कांपती आवाज़ में अपना आखिरी ब्रह्मास्त्र चलाया– **इमोशनल ब्लैकमेल**।

"बेटा, जब तू पैदा हुआ था न, तो मेरी जेब में अस्पताल का बिल भरने के पैसे नहीं थे। मैंने वो डर देखा है। इसलिए मैंने **PF** तुड़वाया। इसलिए तेरी माँ ने अपने कंगन बेचे। ताकि तू राजा बने। और आज तू कह रहा है कि मेरी वो कुर्बानी, वो कंगन...सब बेकार है?"

माँ सिसक रही थी। माहौल भारी हो गया था। लेकिन आज मुझे वो सच बोलना था जो मेरे बचपन का सबसे गहरा घाव था।

असली दर्द: ट्रांसफर का ट्रॉमा

"कुर्बानी..." मैंने धीमी आवाज़ में दोहराया। "पापा, आप 'सेटल' **(Settle)** होने की बात करते हैं? क्या सच में हम कभी सेटल हुए?"

पापा चौंके। "मतलब?"

"पापा, आपको याद है जब मैं कक्षा 5 में था? हमारा ट्रांसफर झाँसी से लखनऊ हुआ था। मेरा बेस्ट फ्रेंड 'रवि' मुझसे छूट गया था। मैं हफ़्तों रोया था। फिर कक्षा 8 में, जब मैंने लखनऊ में नए दोस्त बनाए, आपका ट्रांसफर फिर हो गया–इलाहाबाद। फिर नया स्कूल, फिर नई यूनिफार्म, फिर वही क्लास में अकेला बैठकर लंच करना।"

मेरी आवाज़ भर्रा गई। "पापा, सरकारी नौकरी ने मुझे 'घर' नहीं दिया, मुझे **'बंजारा' (Nomad)** बना दिया। मैं

हमेशा **'नया लड़का' (The New Kid)** बनकर रह गया। मुझे दोस्तों से जुड़ने में डर लगने लगा था क्योंकि मुझे पता था कि **2** साल बाद फिर ट्रक आएगा और सामान लादकर हम चल देंगे।"

पापा की नज़रें झुक गईं। यह वो सच था जिसे उन्होंने अपनी 'ड्यूटी' मानकर हमेशा नज़रअंदाज़ किया था।

"और आप चाहते हैं कि मैं वही ज़िंदगी दोबारा जिऊँ?" मैंने पूछा। "IAS बनकर क्या बदल जाएगा? अगर मुझे नागालैंड कैडर मिल गया तो? मैं पूरी ज़िंदगी अपने ही देश में परदेसी बनकर रहूँगा। त्यौहारों पर भी घर नहीं आ पाऊँगा। पापा, मैं नहीं चाहता कि मेरे बच्चे वो **ट्रॉमा** झेलें जो मैंने झेला है। मैं चाहता हूँ कि मेरा एक घर हो। पक्का घर। सरकारी क्वार्टर नहीं। स्टार्टअप मुझे वो जड़ें **(Roots)** देगा। मैं लाल बत्ती वाला बंजारा नहीं बनना चाहता।"

फैसला: 50,000 का सबूत

कमरे में भारी सन्नाटा था। घड़ी की टिकटिक हथौड़े जैसी लग रही थी। मैंने एक गहरी सांस ली और अपनी जेब से वो **50,000 रुपये का चेक** (जो मैंने अपने खाते से बनवाया था) निकाला। मैंने उसे टेबल पर पापा के सामने रखा।

"पापा, यह मेरी पिछले **एक महीने** की कमाई है। क्लास बंक करके, पार्ट-टाइम काम करके।"

पापा ने उस कागज को देखा।

"आपने **PF** का लोन मुझे 'सेफ' करने के लिए लिया था। लेकिन मैं उस लोन को 'चक्रवृद्धि ब्याज' के साथ वापस करूँगा। पैसों से भी, और इज़्ज़त से भी। मुझे बस **दो साल** दे दीजिये। अगर मैं फेल हो गया, तो मैं वापस आऊंगा और जो आप जो कहेंगे वो करूँगा। चपरासी का फॉर्म भी भर दूंगा।"

मैं रुका नहीं। "आप कहते हैं न कि लोग सैल्यूट मारें? पापा, मैं ऐसा काम करूँगा कि लोग डर से नहीं, प्यार से सैल्यूट मारेंगे।"

पापा ने टेबल पर रखे उस चेक को देखा। फिर मेरी माँ को देखा। फिर मुझे देखा। उनकी आँखों में अब गुस्सा नहीं था। उनकी आँखों में एक अजीब सी नमी थी–शायद यह अहसास कि उनका बेटा अब 'बच्चा' नहीं रहा। उनका बनाया हुआ 'सुरक्षा का पिंजरा' अब टूट चुका था।

उन्होंने धीरे से टेलीविज़न का वॉल्यूम कम किया। और अपनी प्लेट की तरफ देखते हुए बोले– **"खाना ठंडा हो रहा है। चुपचाप खा ले।"**

उन्होंने 'हाँ' नहीं कहा था। लेकिन उन्होंने 'ना' भी नहीं कहा था। और भारतीय मिडिल क्लास बापों की डिक्शनरी में... **"खाना खा ले" का मतलब "तथास्तु" (आशीर्वाद) होता है।**

मैंने माँ की तरफ देखा। माँ मुस्कुरा रही थी। मैंने रोटी का टुकड़ा तोड़ा। आज भिंडी की सब्ज़ी का स्वाद... **आज़ादी** जैसा लग रहा था।

अध्याय 8: पीडीएफ में रोल नंबर, ढोल की आवाज़ और दोस्तों का बंटवारा

पापा की मौन सहमति मिलने के बाद मैं दिल्ली वापस आ गया। लेकिन इस बार मैं 'कोचिंग वाले बैग' के साथ नहीं, बल्कि 'लैपटॉप बैग' के साथ आया था। मैंने मुखर्जी नगर छोड़ने का फैसला कर लिया था, लेकिन समीर का रिजल्ट आने तक मैं वहीं रुका था।

मई की तपती दोपहर थी। मुखर्जी नगर में एक अजीब सा सन्नाटा था। यह वो सन्नाटा था जो तूफ़ान **(Result)** आने से पहले होता है। आज **UPSC का फाइनल रिजल्ट** आने वाला था।

मेरे कमरे में समीर पागलों की तरह टहल रहा था। उसका पसीना एसी में भी नहीं सूख रहा था। "भाई, अगर इस बार नहीं हुआ तो मैं मर जाऊंगा," समीर ने अपने नाखून

चबाते हुए कहा। "पापा ने सबको बोल रखा है। मेरी नाक कट जाएगी।"

मैं अपने लैपटॉप पर एक एक्सेल शीट बना रहा था (ट्रकों का डेटा), लेकिन मेरा ध्यान समीर पर था। *"चिल कर भाई। तूने इंटरव्यू फाड़ दिया था। तेरा होगा,"* मैंने उसे तसल्ली दी, हालाँकि पेट में गुड़गुड़ मुझे भी हो रही थी।

वो पीडीएफ और रैंक 42

तभी समीर का फ़ोन बजा। किसी दोस्त का मैसेज था– **"Result Out."** समीर के हाथ कांपने लगे। उसने फ़ोन मुझे पकड़ा दिया। *"भाई तू देख। मुझसे नहीं देखा जाएगा।"*

मैंने यूपीएससी की वेबसाइट खोली। सर्वर धीमा था। वो गोल-गोल घूमता पहिया (**Buffer**) हमारी धड़कनें बढ़ा रहा था। फाइल खुली। एक लंबी पीडीएफ।

मैंने **Ctrl+F** दबाया। सर्च बॉक्स में समीर का रोल नंबर टाइप किया: **5642101.**

मेरा दिल ज़ोर से धड़का। स्क्रीन पर एक **नीला हाईलाइट** चमका। **Name: Sameer Verma. Rank: 42.**

मैं अपनी कुर्सी से उछल पड़ा। "समीर! हो गया भाई! रैंक **42!** तू **IAS** बन गया!"

समीर एक पल के लिए सुन्न रह गया। उसने स्क्रीन को घूरा। उसे यकीन नहीं हुआ। फिर उसने ज़ोर से चिल्लाया– एक आदिमानव की तरह। उसने मुझे गले लगा लिया। हम दोनों **8x10** के उस कमरे में नाच रहे थे। उसकी आँखों में आंसू थे। मेरी आँखों में भी। यह उसकी **4** साल की 'तपस्या' का फल था।

जश्न और भीड़

खबर जंगल की आग की तरह फैली। **5** मिनट के अंदर हमारा छोटा सा कमरा लोगों से भर गया। बगल वाले कमरे के लड़के, मकान मालिक, और फिर... **कोचिंग वाले**।

वही **खन्ना सर**, जिन्होंने क्लास में समीर को कभी नोटिस भी नहीं किया था, आज हाथ में मिठाई का डिब्बा और गले में माला लेकर प्रकट हो गए। "अरे मुझे तो पहले दिन से पता था यह लड़का हीरा है!" खन्ना सर ने कैमरामैन के सामने समीर को गले लगाते हुए कहा।

अचानक, ढोल बजने लगे। समीर को लोगों ने कंधों पर उठा लिया। गुलाल उड़ने लगा। नारे लगने लगे– "समीर भाई ज़िंदाबाद! यूपीएससी किंग!"

मैं कमरे के एक कोने में खड़ा हो गया। भीड़ ने मुझे धक्का देकर किनारे कर दिया था। समीर अब मेरा 'रूममेट' नहीं था। वो अब **'सर'** बन चुका था। वो अब पब्लिक प्रॉपर्टी था।

खन्ना सर समीर को अपनी **Audi** (वही ऑडी जिसे मैं नफरत करता था) में बिठाकर ले जाने लगे– "चलो बेटा, इंस्टीट्यूट में इंटरव्यू देना है।" समीर ने भीड़ के बीच से मेरी तरफ देखा। उसने हाथ हिलाया, "मैं अभी आता हूँ।"

गाड़ी धूल उड़ाते हुए निकल गई। मैं वहीं खड़ा रह गया। मेरे हाथ में मेरा लैपटॉप था जिस पर मेरी कंपनी का लोगो था—जो अभी सिर्फ़ एक सपना था। और सामने समीर की हकीकत थी– **लाल बत्ती, मालाएं और शोहरत।**

बाप का फ़ोन और तुलना

मैं कमरे में वापस आया। फर्श पर गुलाब की पंखुड़ियां और फटे हुए पटाखे बिखरे थे। तभी मेरे पापा का फ़ोन आया।

"हेलो?"

"सुना है समीर का हो गया?" पापा की आवाज़ दबी हुई थी।

"हाँ पापा, रैंक 42 है। IAS मिलेगा।"

उधर एक लंबी चुप्पी थी। फिर पापा बोले, "वर्मा जी (समीर के पापा) ने अभी फ़ोन किया था। बहुत खुश थे। कह रहे थे–'लोहे के चने चबाए हैं मेरे शेर ने'।"

पापा ने यह नहीं कहा, पर मैं उनकी चुप्पी में सुन सकता था– 'काश तूने भी चने चबाए होते। काश आज मेरे घर के बाहर भी ढोल बजते।'

"बढ़िया है," पापा ने बस इतना कहा और फ़ोन रख दिया।

मुझे एक अजीब सी **ईर्ष्या (Jealousy)** और **छोटापन** महसूस हुआ। समीर की जीत ने मेरी 'बगावत' को अचानक बहुत छोटा बना दिया था। आज दुनिया की नज़र में समीर 'हीरो' था, और मैं एक 'भगोड़ा' **(Dropout)**।

आखिरी रात और दोस्तों का बंटवारा

रात के **2** बजे समीर वापस आया। वो थक चुका था, लेकिन उसके चेहरे पर वो चमक थी जो पावर से आती है। उसने अब तक कपड़े नहीं बदले थे, गले में अभी भी गेंदे के फूल की माला थी।

"भाई! क्या दिन था!" समीर बिस्तर पर गिर गया। "तुझे पता है? मुझे कल टीवी चैनल पर बुलाया है। और श्रीवास्तव जी (वही जो रिश्ता लेकर आए थे) अभी 11 बजे घर आ गए थे शगुन लेकर।"

मैं मुस्कुराया। "मुबारक हो भाई। तूने कर दिखाया।"

समीर उठा और मेरे पास आया। उसने मेरे कंधे पर हाथ रखा। "अभिमन्यु, अभी भी देर नहीं हुई है। तू बहुत स्मार्ट है। अगर मैं बन सकता हूँ, तो तू टॉप 10 में आ सकता है। छोड़ ये ट्रक-वरक का चक्कर। देख आज कितनी इज्ज़त मिली। यह स्टार्टअप तुझे कभी वो इज्ज़त नहीं देगा जो आज मुझे मिली।"

उसकी आवाज़ में घमंड नहीं था, दोस्त वाली चिंता थी। लेकिन आज उसकी चिंता मुझे **दया (Pity)** लग रही थी।

मैंने उसका हाथ धीरे से अपने कंधे से हटाया। "समीर, आज तुझे जो मिला, वो तेरा सपना था। तुझे 'तालियां' चाहिए थीं। मुझे तालियां नहीं चाहिए भाई। मुझे **'निर्माण'**

(Creation) करना है। तू सिस्टम चलाएगा। मैं सिस्टम बदलूंगा।"

समीर हंसा। "पागल है तू। देख लेंगे किसका सिस्टम चलता है।"

उस रात हम दोनों सोए नहीं। लेकिन हमारे बीच एक **दीवार** खड़ी हो गई थी। उसके पास **"लाल बत्ती"** (Power) थी। मेरे पास **"ग्रीन सिग्नल"** (Idea) था।

अगली सुबह, जब समीर अपनी नई दुनिया (मसूरी ट्रेनिंग सेंटर) की तैयारी कर रहा था, मैंने अपना बैग उठाया। मैंने समीर को जगाया नहीं। मैंने बस एक पर्ची (Note) टेबल पर छोड़ी:

**"तुझे तेरी कुर्सी मुबारक हो दोस्त। मैं अपनी कुर्सी बनाने जा रहा हूँ। मिलेंगे, जब मैं तेरी कुर्सी के बराबर खड़ा होने लायक हो जाऊंगा।

- तेरा एक्स-रूममेट, अभिमन्यु (Founder, LoadShare)"**

मैं कमरे से बाहर निकला। नीचे खन्ना सर की कोचिंग का नया पोस्टर लग चुका था। उसमें समीर की बड़ी सी फोटो थी। नीचे लिखा था– **"सफलता का पर्याय।"**

मैंने उस पोस्टर को एक बार देखा, अपना बैग कंधे पर टांगा, और रिक्शा पकड़कर **सदर बाज़ार** की तरफ चल दिया। भीड़ की तरफ नहीं, **भीड़ से दूर**।

अध्याय 9: सस्ती टीम, बेसमेंट की सीलन और 'नूडल्स वाला' को-फाउंडर

समीर के मसूरी (LBSNAA) जाने के 3 महीने बाद।

मेरी "कंपनी" का हेडक्वार्टर अब मुखर्जी नगर का वो छोटा कमरा नहीं था। अब मेरा ऑफिस पटेल नगर का एक बेसमेंट था। किराया: **8,000** रुपये महीना। खासियत: यहाँ धूप कभी नहीं आती थी, लेकिन सीलन और मोबाइल नेटवर्क की समस्या भरपूर थी।

दीवार पर मैंने एक बड़ा सा चार्ट पेपर चिपका रखा था, जिस पर मार्कर से लिखा था: **"LOADSHARE HQ"**। मेरे पास फर्नीचर के नाम पर दो प्लास्टिक की कुर्सियां और एक फोल्डिंग टेबल थी।

इंस्टाग्राम vs रियलिटी

मैं अपनी टूटी हुई कुर्सी पर बैठकर एक्सेल शीट (**Excel Sheet)** से माथापच्ची कर रहा था। मेरा फ़ोन वाइब्रेट

हुआ। इंस्टाग्राम नोटिफ़िकेशन। **Sameer_IAS** ने एक नई फोटो डाली थी।

फोटो में समीर एक घोड़े पर बैठा था, बैकग्राउंड में मसूरी के पहाड़ थे। उसने वही 'जेंटलमैन कैडेट' वाली यूनिफार्म पहनी थी। कैप्शन था: **"Learning to ride. LBSNAA Diaries. #IAS #LifeGoals"** नीचे **2000** कमेंट्स थे– "सर यू आर इंस्पिरेशन", "लव यू सर"।

मैंने अपनी स्क्रीन देखी। मेरे सामने खुली थी– **"Pending Payments List"**। मेरे बाल बिखरे हुए थे, टी-शर्ट पर चाय का दाग था, और मैं पिछले **10** घंटे से एक बेसमेंट में बंद था जहाँ ऑक्सीजन कम और मच्छर ज्यादा थे।

समीर 'घोड़े' की सवारी कर रहा था। और मैं यहाँ गधों की तरह डेटा एंट्री कर रहा था।

व्हाट्सएप का क्रैश और काव्या की डांट

तभी मेरा फ़ोन हैंग हो गया। मेरा **'Sadar Load Share'** व्हाट्सएप ग्रुप भर चुका था। **500** ट्रक ड्राइवर और **400** दुकानदार एक साथ मैसेज कर रहे थे। "मेरा माल कहाँ है?" "गाड़ी खाली खड़ी है, कोई लोड है क्या?" "पेमेंट नहीं आया अभी तक!"

मैं एक मैसेज का रिप्लाई करता, तो दस नए आ जाते। मैं पागल हो रहा था। मैनुअल काम अब मेरे बस के बाहर था।

शाम को काव्या आई। (वह अब मेरी 'अनऑफिशियल बॉस' थी)। उसने बेसमेंट की हालत देखी और नाक सिकोड़ी। "छी! यहाँ सांस कैसे लेता है तू? और यह क्या हाल बना रखा है?"

"काव्या, सिस्टम क्रैश हो रहा है," मैंने अपना सिर पकड़ा। "मैं एक्सेल और व्हाट्सएप नहीं संभाल पा रहा। मुझे ऐप **(App)** चाहिए। एक ऑटोमेटेड सिस्टम चाहिए।"

"तो बना ले," उसने कहा।

"कैसे बना लूँ?" मैं चिल्लाया। "मैं आर्ट्स (**Arts**) का स्टूडेंट हूँ। मैंने इतिहास पढ़ा है–बाबर कब आया, हुमायूँ कब गया। मुझे जावा (**Java**) और पाइथन (**Python**) का **P** भी नहीं आता!"

काव्या ने अपनी हील्स की आवाज़ करते हुए मेरे पास आई। "तो ढूंढ किसी को। तुझे एक **CTO (Chief Technology Officer)** चाहिए। एक टेक को-फाउंडर।"

"पैसे कौन देगा? मेरे पास सैलरी देने के पैसे नहीं हैं।"

काव्या मुस्कुराई। "स्टार्टअप में लोग सैलरी के लिए नहीं, इक्विटी (**Equity**) के लिए आते हैं। जा, अपना 'स्टीव वोज्नियाक' ढूंढ।"

द हंट: कोडिंग वाला साथी

अगले एक हफ्ते तक मैं पागलों की तरह को-फाउंडर ढूंढता रहा। मैंने लिंक्डइन (**LinkedIn**) पर मैसेज किए,

दोस्तों से पूछा। जो भी आता, वह सबसे पहले पूछता– "सैलरी कितनी दोगे?" मैं कहता– "अभी जीरो, पर बाद में कंपनी में हिस्सा मिलेगा।" वो मुझे ऐसे देखते जैसे मैंने उनकी किडनी मांग ली हो।

मैं हार मानने वाला था। तभी एक दिन, मैं मुखर्जी नगर की एक पुरानी 'साइबर कैफ़े' वाली गली में चाय पी रहा था। मेरे बगल में एक लड़का खड़ा था। चश्मा, ढीली टी-शर्ट, पैरों में हवाई चप्पल। वो फ़ोन पर किसी को गालियाँ दे रहा था।

"अरे यार, मैं नहीं कर रहा ये इन्फोसिस वाली जॉब! बोर हो गया हूँ। साले दिन भर बग (**Bug**) फिक्स करवाते हैं। मुझे कुछ नया करना है, कुछ तूफानी!"

मेरे कान खड़े हो गए। कीवर्ड्स: "कोडर", "बोर हो गया हूँ", "कुछ तूफानी करना है"।

मैं अपना समोसा छोड़कर उसके पास गया। "भाई, तूफानी करना है?"

लड़के ने मुझे घूरा। "तू कौन है?"

"मैं अभिमन्यु हूँ। मेरे पास एक आईडिया है जो इन्फोसिस से ज्यादा मज़ेदार है। पर पैसा नहीं है। करेगा?"

लड़के ने अपनी मैगी खाते हुए मुझे ऊपर से नीचे देखा। मैंने पूछा "नाम क्या है तेरा?" "गौरव।"

बेसमेंट में इंटरव्यू

मैं गौरव को अपने 'बेसमेंट हेडक्वार्टर' में लाया। गौरव ने प्लास्टिक की कुर्सी पर बैठकर चारों तरफ देखा। "भाई, ये ऑफिस है या किडनैपिंग का अड्डा?"

"यही है जो है," मैंने अपना लैपटॉप खोला। "देख गौरव, यह डेटा देख। पिछले महीने हमने 400 ट्रिप करवाए। मैनुअली। बिना किसी ऐप के। रेवेन्यू 1 लाख पार कर गया है।"

गौरव ने स्क्रीन देखी। उसकी आँखों में एक चमक आई– वो चमक जो एक कोडर की आँखों में तब आती है जब उसे 'रॉ डेटा' दिखता है।

"प्रॉब्लम क्या है?" उसने पूछा।

"प्रॉब्लम ये है कि मैं 'अशोक का धम्म' जानता हूँ, कोडिंग नहीं। मुझे एक ऐप चाहिए जो ड्राइवर और दुकानदार को मैच कर दे। लोकेशन ट्रैक करे। पेमेंट ले।"

गौरव ने मैगी का कप टेबल पर रखा। "बन जाएगा। दो हफ़्ते लगेंगे। पर मुझे क्या मिलेगा?"

मैंने काव्या का सिखाया हुआ दांव खेला। "सैलरी? जीरो। लेकिन... 10% इक्विटी (हि हिस्सेदारी)। आज यह जीरो है। लेकिन अगर हम सफल हुए, तो यह 10% करोड़ों का होगा। तू इन्फोसिस में एक एम्प्लोयी बनकर सड़ेगा, या यहाँ मालिक बनकर इतिहास रचेगा?"

गौरव 2 मिनट चुप रहा। उसने बेसमेंट की सीलन को देखा। फिर मेरे चेहरे को देखा। फिर उसने अपनी चप्पल

निकाली, कुर्सी पर पालथी मारकर **(Cross-legged)** बैठ गया।

"लैपटॉप चार्जर है?" उसने पूछा।

"हाँ है।"

"तो कनेक्ट कर। मैगी और मंगवा ले। आज रात यहीं रुकते हैं।"

टीम: हिस्टोरियन और इंजीनियर

उस रात हमने काम शुरू किया। मैं उसे लॉजिस्टिक्स समझाता– "ट्रक का टायर फट जाए तो क्या होगा?" वो उसे कोड में बदलता– **"If Tyre_Burst, Send Alert to Vendor."**

हम दो अलग दुनिया के लोग थे। मैं इतिहास **(History)** वाला–जो अतीत पढ़ता था। वो इंजीनियरिंग वाला–जो भविष्य बनाता था। लेकिन उस बेसमेंट में, मैगी और

मच्छरों के बीच, हमारी जुगलबंदी (**Chemistry**) बन गई।

सुबह के **4** बजे, गौरव ने कीबोर्ड पर आखिरी एंटर मारा। "प्रोटोटाइप तैयार है, बॉस।"

मैंने स्क्रीन पर देखा। एक साधारण सा इंटरफेस। एक बटन– **"Book Truck"**।

यह बदसूरत था। इसमें बग्स थे। लेकिन यह मेरा ऐप था। समीर के पास 'लाल बत्ती' थी। मेरे पास अब 'टेक्नोलॉजी' थी।

मैंने काव्या को फोटो भेजी: **"Meet Gaurav. Our CTO. And meet LoadShare App v1.0."**

उधर से रिप्लाई आया: "शानदार। अब बेसमेंट से निकलने का टाइम आ गया है। इन्वेस्टर मीटिंग के लिए तैयार हो जा।"

अध्याय 10: सूट-बूट वाले शार्क और डिग्री का सवाल

गौरव (मेरा को-फाउंडर) और मैंने दो हफ्ते तक बेसमेंट में 'मैगी' खाकर ऐप का **बीटा वर्ज़न** तैयार कर लिया था। अब हमें चाहिए था– **ईंधन (Fuel)**। यानी पैसा। काव्या ने अपनी नेटवर्किंग का इस्तेमाल करके गुरुग्राम के एक बड़े वीसी **(Venture Capitalist)** फंड–**'Alpha Ventures'** के साथ हमारी मीटिंग फिक्स करवाई थी।

मीटिंग सुबह **11** बजे थी। मेरे पास सूट नहीं था। मैंने समीर का पुराना ब्लेज़र (जो वह छोड़ गया था) पहना। वह मुझे थोड़ा ढीला था, मैं उसमें 'सीईओ' कम और 'वेटर' ज्यादा लग रहा था। गौरव की हालत और भी खराब थी। उसने अपनी लाइफ में पहली बार शर्ट को पैंट के अंदर **(Tuck-in)** किया था, और वह ऐसे चल रहा था जैसे उसे सजा-ए-कालापानी हो रही हो।

"भाई, कोडिंग करवा ले, ये नौटंकी क्यों करवा रहा है?" गौरव ने अपनी टाई खींचते हुए कहा। "चुप कर," मैंने उसे डांटा। "शार्क टैंक देखा है न? वहां प्रजेंटेशन से पहले कपड़े देखे जाते हैं।"

कांच का महल और अंग्रेजी का आतंक

हम साइबर हब (**Cyber Hub**), गुरुग्राम पहुंचे। वह बिल्डिंग इतनी ऊंची थी कि उसे देखने के लिए टोपी गिर जाए। लिफ्ट इतनी तेज़ थी कि पेट में गुड़गुड़ हो गई। यह दुनिया मुखर्जी नगर की तंग गलियों और सदर बाज़ार की धूल से लाखों प्रकाश वर्ष दूर थी। यहाँ हवा में भी 'महंगे परफ्यूम' की खुशबू थी।

हम कॉन्फ्रेंस रूम में बैठे। एसी इतना तेज़ था कि हम दोनों कांप रहे थे। सामने तीन इन्वेस्टर्स बैठे थे। सूट-बूट वाले, मैकबुक वाले, और गंभीर चेहरों वाले। उनके बीच में थे– **मिस्टर कपूर**। (इस फंड के हेड)। काव्या भी वहां

थी, लेकिन आज वह हमारी तरफ नहीं, बल्कि एक 'न्यूट्रल ऑब्ज़र्वर' की तरह बैठी थी।

प्रजेंटेशन शुरू हुई। मैंने स्लाइड बदली। "गुड मॉर्निंग सर। हमारा स्टार्टअप है– **LoadShare**। हम सदर बाज़ार के छोटे व्यापारियों को खाली ट्रकों से जोड़ते हैं। **PTL (Partial Truck Load)** का **Uber**।"

शुरुआत अच्छी रही। जब मैंने बताया कि हमने पिछले महीने **1.5 लाख रुपये** का रेवेन्यू किया है (बिना किसी ऐप के, सिर्फ व्हाट्सएप से), तो उनकी भौंहें चढ़ गईं। गौरव ने ऐप का डेमो दिखाया। सब कुछ ठीक चल रहा था।

मिस्टर कपूर ने अपना पेन घुमाया। "नंबर्स इम्प्रेसिव हैं। मार्केट भी बड़ा है।"

मेरे दिल में लड्डू फूटा। मुझे लगा चेक साइन होने वाला है। बेसमेंट के दिन खत्म होने वाले हैं। तभी मिस्टर कपूर

ने वह सवाल पूछा, जो यूपीएससी इंटरव्यू से भी ज्यादा खतरनाक था।

IIT बॉम्बे या IIT दिल्ली?

"टीम स्लाइड (**Team Slide**) पर जाओ," कपूर ने कहा।

मैंने स्लाइड बदली। स्क्रीन पर मेरी और गौरव की फोटो थी। "तो," कपूर ने अपने चश्मे के ऊपर से देखा। "फाउंडर्स का बैकग्राउंड क्या है? टेक टीम कहाँ से है? **IIT** बॉम्बे या दिल्ली?"

कमरे में सन्नाटा छा गया। एसी की आवाज़ अचानक तेज़ लगने लगी। मैंने थूक निगला।

"सर, गौरव ने... गौरव ने बी.टेक किया है। **IP यूनिवर्सिटी** से। और मैं... मैंने बीए (**B.A.**) किया है। हिस्ट्री में। **कानपुर यूनिवर्सिटी** से।"

मिस्टर कपूर का हाथ हवा में रुक गया। उनके बगल वाले इन्वेस्टर ने ऐसे मुंह बनाया जैसे मैंने खाने में मक्खी परोस दी हो।

"बीए हिस्ट्री?" कपूर ने हंसते हुए कहा, लेकिन उस हंसी में मज़ाक नहीं, **अपमान** था। "बेटा, यह टेक-बिज़नेस है। यहाँ एल्गोरिद्म चलते हैं, पानीपत की लड़ाई नहीं। लॉजिस्टिक्स एक ऑपरेशन्स-हेवी गेम है। हमें लगा तुम लोग **IIT/IIM** के एलुमनाई **(Alumni)** होगे।"

"सर, डिग्री से क्या फर्क पड़ता है?" मैंने हिम्मत जुटाई, हालांकि मेरे पैर कांप रहे थे। "हमने बिना डिग्री के **1.5** लाख का धंधा खड़ा किया है। हमें मार्केट की समझ है।"

"मार्केट की समझ?" कपूर ने अपनी फाइल बंद कर दी। "देखो यंग मैन। तुम सदर बाज़ार में **10-20** ट्रक चलवा सकते हो। उसे 'ट्रांसपोर्ट एजेंसी' कहते हैं, 'स्टार्टअप' नहीं। हम स्टार्टअप्स में पैसा लगाते हैं जो **स्केल (Scale)** कर सकें। और स्केल करने के लिए पेडिग्री **(Pedigree/नस्ल)**

चाहिए होती है। कल को जब बड़ी टेक मुसीबत आएगी, तो एक हिस्ट्री ग्रेजुएट क्या करेगा? इतिहास पढ़ेगा?"

तीनों इन्वेस्टर हंस पड़े। गौरव ने मेज़ के नीचे मुट्ठी भींच ली। काव्या ने अपनी नज़रें झुका लीं। मुझे लगा कि कोई भरे बाज़ार में मेरे कपड़े उतार रहा है। यह वही अहसास था जो मुझे तब होता था जब लोग समीर को 'सर' और मुझे 'बेचारा' कहते थे।

"सॉरी," कपूर ने खड़े होकर कहा। **"You are not investable.** (तुम निवेश के लायक नहीं हो)। हम घोड़े पर दांव नहीं लगाते, हम जॉकी (**Jockey**) पर दांव लगाते हैं। और तुम... तुम रेस के घोड़े नहीं लगते।"

सड़क की होशियारी vs किताब की होशियारी

मेरा अपमान हो चुका था। मीटिंग ख़त्म हो गई थी। मुझे चुपचाप अपना लैपटॉप उठाकर चले जाना चाहिए था। लेकिन मेरे अंदर का 'कन्नौज का लड़का' जाग गया।

मैं खड़ा हुआ। "मिस्टर कपूर," मैंने ऊँची आवाज़ में कहा। काव्या ने मुझे रोकने के लिए इशारा किया, पर मैं रुका नहीं।

"आपने सही कहा। मैं **IIT** से नहीं हूँ। मुझे पाइथन नहीं आती। लेकिन सर, आपके **IIT** वाले लड़के कभी सदर बाज़ार गए हैं? उन्हें पता है कि जून की गर्मी में **50** किलो का बोरा उठाने पर पसीना कहाँ तक आता है? उन्हें पता है कि ट्रक ड्राइवर को 'भाभी जी' की कसम देकर भाड़ा कैसे कम करवाया जाता है?"

मैंने अपनी टेबल पर हाथ रखा। "सर, किताब पढ़कर तैरना सीखना और पानी में कूदकर तैरना–दोनों में फर्क है। आपके **IIT** वाले 'प्रॉब्लम सॉल्व' करते हैं क्योंकि उन्हें असाइनमेंट मिलता है। हम प्रॉब्लम सॉल्व करते हैं क्योंकि अगर नहीं करेंगे, तो **भूखे मर जाएंगे**। इसे आप 'पेडिग्री ' नहीं कहते होंगे, हम इसे **'जिगर'** कहते हैं।"

कमरे में पिन-ड्रॉप साइलेंस था। कपूर ने मुझे घूरा। उनकी आँखों में गुस्सा था, या शायद थोड़ी सी हैरानी। "जज़्बा अच्छा है। पर जज़्बे से यूनिकॉर्न (**Unicorn**) नहीं बनते। गुड लक।"

चेक बुक और ईगो

हम साइबर हब की पार्किंग में खड़े थे। गौरव गुस्से में अपनी सिगरेट सुलगा रहा था। "साला! डिग्री नहीं है तो क्या इंसान नहीं हैं? **1.5** लाख का रेवेन्यू नहीं दिखा उसे?"

मैं चुपचाप अपनी बाइक की चाबी घुमा रहा था। मिस्टर कपूर की बातें मेरे दिमाग में तेजाब की तरह जल रही थीं– "तुम रेस के घोड़े नहीं हो।"

तभी काव्या मेरे पास आई। उसने अपना पर्स खोला और एक **चेक बुक** निकाली। उसने मेरी बाइक की सीट पर चेक बुक रखी और तेज़ी से पेन चलाया।

"ये ले," उसने चेक फाड़कर मेरी तरफ बढ़ाया।

मैंने चेक देखा। **Pay to: LoadShare Technologies. Amount: ₹ 20,00,000 (Twenty Lakhs Only). Signed: Kavya Malhotra.**

मैं सन्न रह गया। "ये क्या है काव्या?"

"सीड फंडिंग," उसने शांत आवाज़ में कहा। "मिस्टर कपूर को डिग्री चाहिए, मुझे डेटा दिखता है। यह मेरी पर्सनल सेविंग्स हैं। कंपनी का पैसा नहीं है। ले और काम शुरू कर। हमें किसी शार्क की ज़रूरत नहीं है।"

गौरव की आँखें चमक उठीं। **20** लाख! हमारी सारी दिक्कतें ख़त्म हो सकती थीं। हम कल ही ऑफिस ले सकते थे, एसी लगा सकते थे।

लेकिन... मेरा हाथ आगे नहीं बढ़ा।

"नहीं," मैंने धीरे से कहा।

काव्या चौंक गई। "क्या मतलब नहीं? तुझे पैसे चाहिए, मेरे पास पैसे हैं। मैं तुझपर शर्त लगा रही हूँ। इसमें ईगो बीच में मत ला।"

"यह ईगो नहीं है काव्या," मैंने चेक को वापस उसकी तरफ धकेला। "समझने की कोशिश कर। दुनिया पहले ही बोलती है कि अभिमन्यु क्या है? 'काव्या का बॉयफ्रेंड'। अगर मैंने तेरा पैसा ले लिया, तो मैं अपनी नज़र में गिर जाऊंगा। कल को अगर बिज़नेस फेल हुआ, तो मैं सिर्फ़ एक 'फर्स्ट जनरेशन एंटरप्रेन्योर' नहीं रहूंगा जो फेल हुआ... मैं वो लड़का बन जाऊंगा जिसने अपनी गर्लफ्रेंड के पैसे डुबो दिए। मैं तेरा सामना नहीं कर पाऊंगा।"

"तो क्या करेगा?" काव्या चिल्लाई। "सड़क पर धक्के खाएगा? गौरव को सैलरी कैसे देगा?"

"कमा कर," मैंने गौरव की तरफ देखा। "क्यों गौरव? हम बूटस्ट्रैप (**Bootstrap**) करेंगे। खुद कमाएंगे, खुद लगाएंगे। रफ़्तार धीमी होगी, पर गाड़ी अपनी होगी।"

गौरव ने अफ़सोस से चेक को देखा, फिर सिगरेट का कश लिया। "हाँ भाई... उधार की मैगी से अपनी मैगी ज्यादा टेस्टी होती है।"

काव्या ने मुझे घूरा। उसकी आँखों में गुस्सा था, लेकिन उस गुस्से के पीछे **इज्ज़त (Respect)** भी थी। उसने चेक के टुकड़े कर दिए और हवा में उड़ा दिया।

"ठीक है, मिस्टर स्वाभिमानी," उसने एक कड़वी मुस्कान के साथ कहा। "तो जा, लड़ अपनी लड़ाई। लेकिन याद रखना, जब तेरे पास 'सैलरी' देने के पैसे न हों, और तेरा को-फाउंडर भागने लगे... तब मेरे पास रोते हुए मत आना।"

"नहीं आऊंगा," मैंने वादा किया। "जब आऊंगा, तो तुझे अपनी कंपनी में इनवेस्टर बनने का न्योता **(Invite)** देने आऊंगा, मदद मांगने नहीं।"

काव्या अपनी मर्सिडीज़ में बैठ गई। उसने शीशा नीचे किया। "और सुन... मिस्टर कपूर गलत थे। तू रेस का

घोड़ा नहीं है। तू **जंगली घोड़ा** है। और जंगली घोड़े रेस नहीं जीतते, वो अपना **रास्ता** बनाते हैं।"

गाड़ी ज़ूम करके निकल गई।

गौरव ने मेरी तरफ देखा। "भाई, तूने अभी-अभी **20** लाख को लात मारी है। तुझे पता है न हम आज रात भी बेसमेंट में मच्छरों के साथ सोने वाले हैं?"

मैं मुस्कुराया। "हाँ पता है। पर वो मच्छर हमारे अपने होंगे।"

हमने अपनी बाइक स्टार्ट की। जेब खाली थी। फंडिंग नहीं मिली थी। लेकिन दिल में एक **आग** थी। मिस्टर कपूर ने मुझे 'काबिल' नहीं समझा था। काव्या ने मुझे 'खैरात' देनी चाही थी। अब मुझे दोनों को गलत साबित करना था।

अध्याय 11: खाकी वर्दी, हफ्ता और 'लक्ष्मीकांत' की हार

फंडिंग ठुकराने के 3 महीने बाद।

हमारा **'बूटस्ट्रैप'** (Bootstrap) प्लान काम कर रहा था। गौरव ने रात-रात भर जागकर ऐप को सुधार दिया था। हमने सदर बाज़ार से लेकर ओखला तक 200 ट्रक ड्राइवरों को अपने नेटवर्क में जोड़ लिया था। हर रोज़ 50-60 ट्रिप हो रहे थे। हमारा मासिक रेवेन्यू 3 **लाख रुपये** टच कर रहा था।

हम बेसमेंट में थे, लेकिन अब हमारे पास दो सेकंड-हैंड एसी (AC) थे। जिंदगी पटरी पर लौट रही थी। मुझे लगा मैंने जंग जीत ली है। लेकिन मुझे नहीं पता था कि भारत में बिज़नेस करने के लिए सिर्फ़ 'ग्राहक' नहीं, **'संरक्षण'** (Protection) भी चाहिए होता है।

फोन कॉल और पुलिसिया तंत्र

दोपहर के 2 बजे थे। मैं और गौरव लंच (राजमा-चावल) कर रहे थे। तभी मेरे फ़ोन पर एक ड्राइवर का कॉल आया– **रमेश भाई**।

"हेलो रमेश भाई, माल पहुँच गया?" मैंने पूछा।

उधर से घबराई हुई आवाज़ आई। "अभिमन्यु भैया! पुलिस ने गाड़ी पकड़ ली है। कापसहेड़ा बॉर्डर पर। वो कह रहे हैं गाड़ी सीज़ (**Seize**) करेंगे।"

"**क्यों?** तुम्हारे पेपर तो पूरे हैं," मैंने कहा। "परमिट है, इंश्योरेंस है।"

"भैया वो कुछ नहीं सुन रहे। डंडा मार रहे हैं। आप आ जाओ जल्दी।"

मैं और गौरव तुरंत अपनी बाइक पर निकले। रास्ते भर मेरे दिमाग में **'मोटर व्हीकल एक्ट' (Motor Vehicle Act)** की धाराएं घूम रही थीं। मैंने 4 साल यही तो रटा

था। मुझे लगा मैं वहां जाकर कानून की बात करूँगा और पुलिस वाला मान जाएगा।

मैं कितना बड़ा बेवकूफ था।

थाना और संविधान

हम कापसहेड़ा चौकी पहुंचे। वहां धूप में हमारा ट्रक खड़ा था। ड्राइवर रमेश एक कोने में सहमा हुआ बैठा था। सामने एक प्लास्टिक की कुर्सी पर **हेड कांस्टेबल यादव** बैठे थे, जो अपनी तोंद पर हाथ फेरते हुए चाय पी रहे थे।

मैं उनके पास गया। "जय हिन्द सर," मैंने आत्मविश्वास से कहा। "मैं इस कंपनी का मालिक हूँ। आपने गाड़ी क्यों रोकी है?"

यादव जी ने मुझे ऊपर से नीचे देखा। "मालिक? शक्ल से तो स्टूडेंट लगता है। कागज दिखा।"

मैंने सारे कागज दिखाए। आरसी, परमिट, पॉल्यूशन, ड्राइवर का लाइसेंस। सब कुछ वैलिड था। "सर, सब कुछ तो ठीक है। किस धारा के तहत चालान काट रहे हो?" मैंने पूछा।

यादव जी हंसे। उन्होंने अपने बगल वाले सिपाही को देखा। "धारा पूछ रहा है लौंडा। वकालत पढ़ी है क्या?"

फिर वो मेरी तरफ मुड़े। देख बेटा, कागज तो ठीक हैं। पर तेरी गाड़ी में 'ओवरहाइट' **(Over-height)** का इशू है। और माल भी संदिग्ध **(Suspicious)** लग रहा है। थाने ले जाएंगे, चेक करेंगे। **2-3** दिन गाड़ी खड़ी रहेगी।"

मेरे पैरों तले ज़मीन खिसक गई। अगर **3** दिन गाड़ी खड़ी रही, तो व्यापारी का माल सड़ जाएगा। हमारी मार्केट में थू-थू हो जाएगी। और ड्राइवर का नुकसान अलग।

"सर, यह गलत है," मेरे अंदर का **UPSC एस्पिरेंट** जाग गया। "मोटर व्हीकल एक्ट के सेक्शन **194** के तहत अगर ओवरलोडिंग नहीं है, तो आप गाड़ी सीज़ नहीं कर

सकते। और आर्टिकल **19(1)(g)** मुझे व्यापार करने का मौलिक अधिकार देता है। आप मुझे हैरेस (**Harass**) कर रहे हैं।"

यादव जी ने चाय का कप मेज़ पर पटका। वह खड़े हो गए। उनकी आँखों में अब मज़ाक नहीं, गुस्सा था।

"संविधान पढ़ा रहा है मुझे? **लक्ष्मीकांत** रट के आया है क्या?" उन्होंने मेरे सीने पर अपनी उंगली गड़ाई। "सुन ओ हीरो। यह किताब नहीं है, यह सड़क है। यहाँ संविधान नहीं, **सिंघम** चलता है। धारा **100** लगा के अंदर कर दूंगा न, तो सारी वकालत निकल जाएगी।"

गौरव ने मेरा हाथ पकड़कर मुझे पीछे खींचा। "भाई, शांत हो जा। यह मानेंगे नहीं।"

सिस्टम का रेट कार्ड

यादव जी वापस कुर्सी पर बैठ गए। "देख, लड़का पढ़ा-लिखा लगता है, इसलिए समझा रहा हूँ। यहाँ से रोज़ **50** गाड़ियाँ निकलती हैं। सबकी 'एंट्री' (**Entry Fee**) आती

है। तू नया-नया आया है, बिना 'प्रसाद' चढ़ाए धंधा करेगा?"

"क्या चाहिए आपको?" मैंने दांत पीसते हुए पूछा।

"5000 अभी। और हर महीने की 2 तारीख को 2000 रुपये प्रति गाड़ी," यादव जी ने ऐसे रेट बताया जैसे वो सब्ज़ी बेच रहे हों।

5000 रुपये! यह हमारे दो दिन का प्रॉफिट था। और 'हफ्ता' (Monthly Bribe) अलग।

"मैं रिश्वत नहीं दूंगा," मैंने कहा। "मैं कंप्लेंट करूँगा। कमिश्नर को ट्वीट करूँगा।"

यादव जी ने एक लंबा कश लिया। "कर दे ट्वीट। जब तक कमिश्नर साहब रिप्लाई करेंगे, तब तक तेरा ड्राइवर और तेरा ट्रक, दोनों के टायर खोल चुका हूंगा मैं। सोच ले। धंधा करना है या नेतागिरी?"

मैं वहां खड़ा था। असहाय। मेरे पास ज्ञान था। मेरे पास सच्चाई थी। मेरे पास कानून की जानकारी थी। लेकिन इस सिस्टम के सामने मैं **नंगा** था। क्योंकि मेरे पास **पावर** नहीं थी।

ड्राइवर रमेश मेरे पास आया। उसने हाथ जोड़ लिए। "भैया, दे दो न पैसे। मेरा माल ख़राब हो जाएगा। मेरे बच्चे भूखे मर जाएंगे।"

उसकी आँखों में जो डर था, उसने मेरे उसूलों **(Principles)** को तोड़ दिया।

लक्ष्मीकांत की हार

मैंने अपनी जेब से वॉलेट निकाला। मेरे पास **500-500** के नोट थे। मैंने गिनकर **5000** रुपये यादव जी की मेज़ पर रखे। यादव जी ने नोट नहीं छुए। उन्होंने अपनी डायरी खोली और उसके बीच में रखने का इशारा किया।

"शाबाश," यादव जी मुस्कुराए। "अब तू समझदार व्यापारी बना। जा, ले जा अपनी गाड़ी।"

मैं और गौरव वहां से निकले। हमने एक शब्द नहीं बोला। लेकिन मेरे अंदर कुछ टूट गया था। मैंने जिस 'सिस्टम' का हिस्सा बनने के लिए पढ़ाई की थी, आज उसी सिस्टम ने मुझे लूट लिया था। मैंने 'एथिक्स' **(GS Paper 4)** की तैयारी की थी। लेकिन आज सड़क पर **एथिक्स की कीमत 5000 रुपये** थी।

आयरनी (Irony): समीर का ट्वीट

शाम को हम बेसमेंट में वापस आए। मैं चुपचाप बैठा था। मुझे वो **5000** रुपये जाने का दुःख नहीं था, मुझे अपनी **कायरता** का दुःख था।

तभी मैंने अपना फ़ोन खोला। ट्विटर **(X)** पर एक नोटिफ़िकेशन आया। **Sameer Verma (IAS Trainee)** ने ट्वीट किया था।

फोटो में समीर लबासना (**LBSNAA**) में एक लेक्चर हॉल में बैठा था। कैप्शन था: **"Law and Order is the backbone of democracy. Learning how to enforce justice. #PublicService #Ethics"**

मैंने उस ट्वीट को देखा। और फिर अपनी जेब में बची हुई चिल्लर को देखा।

समीर 'न्याय' (**Justice**) लागू करना सीख रहा था। और मैं 'अन्याय' (**Injustice**) सहना सीख रहा था।

मैंने गौरव की तरफ देखा। "गौरव, हमें सिर्फ़ पैसा नहीं चाहिए।"

"तो और क्या चाहिए भाई?" गौरव ने पूछा।

"हमें **ताकत** (**Power**) चाहिए," मैंने मुट्ठी भींची। "जब तक हम छोटे हैं, ये खाकी वर्दी वाले हमें चबा जाएंगे। हमें इतना बड़ा बनना होगा कि यादव जी जैसे लोग सलाम ठोकें, चालान नहीं।"

उस दिन मुझे समझ आया कि पापा क्यों कहते थे– 'सिस्टम के अंदर रहो।" बाहर बहुत ठण्ड थी। और बहुत अँधेरा।

लेकिन अब वापस जाने का रास्ता बंद था। अब एक ही रास्ता था– **इस अँधेरे को ही अपना साम्राज्य बनाना।**

अध्याय 12: ट्रांसपोर्ट यूनियन, टूटे शीशे और बाहुबली से दोस्ती

पुलिस वालों को 'हफ्ता' देकर हमने एक मुसीबत तो टाल दी थी, लेकिन मैं भूल गया था कि जंगल में सिर्फ लकड़बग्घे (पुलिस) नहीं होते, **शेर** भी होते हैं। और सदर बाज़ार का शेर था– **ट्रांसपोर्ट यूनियन**।

हमारा एप **'LoadShare'** हिट हो रहा था। हम बिचौलियों **(Agents/Dalals)** को हटाकर सीधा ड्राइवर और दुकानदार को जोड़ रहे थे। यानी... हम उन दलालों के पेट पर लात मार रहे थे जो पिछले **20** साल से यहाँ राज कर रहे थे।

धमकी: पहला वार

सोमवार की सुबह। गौरव बेसमेंट में कोडिंग कर रहा था। मैं नए क्लाइंट्स का डेटा देख रहा था। तभी एक ड्राइवर,

सलीम, हांफते हुए अंदर आया। उसके कपड़े फटे हुए थे और होंठ से खून बह रहा था।

"सलीम भाई! क्या हुआ?" मैं कुर्सी से उछल पड़ा।

"भैया, ओल्ड दिल्ली स्टेशन के पास उन्होंने मुझे रोक लिया। यूनियन वाले थे। शीशा फोड़ दिया गाड़ी का। और बोला है..." सलीम ने डरते हुए कहा, "बोला है कि अगर वो 'एप वाला' फिर यहाँ दिखा, तो अगली बार गाड़ी नहीं, टांगें तोड़ेंगे।"

गौरव का चेहरा सफ़ेद पड़ गया। "भाई, मैंने कहा था न! ये लोग गुंडे हैं। हम इंजीनियर्स हैं यार, हम इनसे नहीं लड़ सकते। बंद करते हैं ये सब। जान प्यारी है।"

गौरव ने अपना लैपटॉप बंद करना शुरू कर दिया। मुझे भी डर लग रहा था। बहुत डर। यूपीएससी की किताबों में **'Law and Order'** पढ़ना आसान था, लेकिन जब आपके सामने एक आदमी खून में लथपथ खड़ा हो, तो सारे आर्टिकल और धाराएं हवा हो जाती हैं।

लेकिन अगर आज मैं पीछे हटा, तो **LoadShare** ख़त्म। और मेरा सपना भी।

"गौरव, तू यहीं रुक," मैंने अपनी बाइक की चाबी उठाई। "सलीम भाई, मुझे ले चलो। कौन है इनका बॉस?"

शेर की मांद में: यूनियन ऑफिस

हम सदर बाज़ार की एक पुरानी, जर्जर बिल्डिंग के पीछे पहुंचे। वहां बोर्ड लगा था– **"सदर ट्रांसपोर्ट वेलफेयर एसोसिएशन"**। अंदर का नज़ारा किसी फिल्म के विलेन के अड्डे जैसा था। धुएं के छल्ले, पान की पीक से लाल दीवारें, और बीच में एक बड़ी सी मेज़।

मेज़ के पीछे बैठे थे– **त्यागी जी**। मोटी सोने की चेन, सफेद कुर्ता, और आँखों में ऐसा सुकून जैसे उन्होंने अभी-अभी किसी का मर्डर करके लंच किया हो। उनके आसपास **4-5** पहलवान टाइप के लोग खड़े थे।

मैं अंदर गया। मेरे पैर कांप रहे थे, लेकिन मैंने चेहरे पर 'पोकर फेस' **(Poker Face)** रखा।

"कौन है बे तू?" एक पहलवान ने मुझे रोका।

"त्यागी जी से बात करनी है," मैंने सीधे त्यागी जी की आँखों में देखते हुए कहा। "बिज़नेस की बात है। फायदे की बात।"

त्यागी जी ने पान थूका और हाथ के इशारे से मुझे बुला लिया। "बोल। तू ही है वो 'एप वाला' लड़का? बहुत उड़ रहा है आजकल?"

"उड़ नहीं रहा सर, धंधा कर रहा हूँ," मैंने कहा। "सुना है आपके लड़कों ने मेरी गाड़ी तोड़ी है?"

त्यागी जी हंसे। "तोड़ेंगे नहीं तो क्या आरती उतारेंगे? तू हमारा धंधा खा रहा है। दलाली ख़त्म करेगा तू? हम 30 साल से यहाँ बैठे हैं। कल से तेरी एक गाड़ी नहीं हिलेगी।"

कमरे में तनाव (Tension) इतना था कि माचिस जलाने की ज़रूरत नहीं थी, बस हवा में चिंगारी थी।

चाणक्य नीति: दुश्मन को पार्टनर बनाना

मुझे पता था कि मैं इनसे लड़ नहीं सकता। ये मुझे कच्चा चबा जाएंगे। मुझे **'डिवाइड एंड रूल'** नहीं, **'कोलाब्रेशन' (Collaboration)** करना था।

मैंने वहां रखी एक खाली कुर्सी खींची और बिना पूछे बैठ गया। (यह रिस्क था, लेकिन पावर डायनामिक्स बदलने के लिए ज़रूरी था)।

"त्यागी जी, एक बात बताओ। आप एक ट्रक से कितना कमीशन कमाते हो? **500** रुपये?"

त्यागी जी की भौंहें चढ़ गईं। "तुझे क्या करना है?"

"सदर बाज़ार में रोज़ **200** ट्रक लगते हैं। आप मुश्किल से **50** ट्रकों का कमीशन खा पाते हो। बाकी **150** ट्रक बाहर के दलाल ले जाते हैं। सही कह रहा हूँ?"

त्यागी जी चुप रहे। मेरा तीर निशाने पर लगा था।

"मैं आपको एक ऑफर देता हूँ," मैंने अपनी आवाज़ धीमी और गंभीर कर ली। "आप मुझसे मत लड़ो। मेरे साथ आ जाओ।"

"मतलब?"

"मतलब ये कि मैं आपको अपनी कंपनी का **'वेंडर पार्टनर'** बना देता हूँ। मेरी एप पर जितने भी ट्रक बुक होंगे, उन सबकी **सुरक्षा** (Security) की ज़िम्मेदारी आपकी। बदले में, हर ट्रिप पर आपको **100 रुपये** फिक्स मिलेंगे। बैठे-बैठे। बिना पसीना बहाए। अभी आप **50** ट्रक से **25,000** कमाते हो। मेरी एप से रोज़ **200** ट्रक जाएंगे। यानी **रोज़ के 20,000**। महीने का **6 लाख**। वो भी व्हाइट मनी (White Money)। बैंक अकाउंट में।"

त्यागी जी ने अपनी सोने की चेन घुमाई। उनके दिमाग में कैलकुलेटर चल रहा था। गुंडागर्दी में रिस्क था, पुलिस का लफड़ा था। लेकिन यह लड़का... यह लड़का उन्हें **बैठे-बैठे कमाई** का रास्ता दिखा रहा था।

"और अगर मैंने मना कर दिया तो?" उन्होंने मुझे टेस्ट किया।

"तो आप मेरी 10 गाड़ियाँ तोड़ोगे। मैं पुलिस में जाऊंगा, मीडिया में जाऊंगा। धंधा मेरा बंद होगा, पर नुकसान आपका भी होगा। पुलिस की रेड पड़ेगी, हफ्ता बढ़ जाएगा। लड़कर क्या मिलेगा? **पार्टनरशिप** में दोनों राजा बनेंगे।"

बाहुबली की चाय

कमरे में सन्नाटा था। त्यागी जी ने मुझे 10 सेकंड तक घूरा। फिर अचानक, वो ज़ोर से हंसे। उनकी हंसी से उनकी तोंद हिलने लगी।

"अरे ओ छोटू!" उन्होंने चिल्लाकर कहा। "दो स्पेशल चाय ला। मलाई मार के।"

मुझे समझ आ गया। **डील पक्की हो गई थी।**

त्यागी जी ने मेरे कंधे पर एक भारी हाथ रखा। "लड़के में दम है। नाम क्या है तेरा?"

"अभिमन्यु।"

"अभिमन्यु... चक्रव्यूह तोड़ना आता है तुझे," त्यागी जी मुस्कुराए। "ठीक है। आज से तेरी गाड़ियाँ हमारी गाड़ियाँ। किसी ने आँख उठाकर भी देखा, तो त्यागी की गोली उसके भेजे में होगी।"

हमने चाय पी। यह चाय स्टारबक्स की कॉफ़ी नहीं थी। यह **पावर की चाय** थी।

वापसी और सबक

मैं बाहर निकला। सलीम (ड्राइवर) हैरान था कि मैं ज़िंदा वापस आ गया। मैंने सलीम से कहा, "जाओ, गाड़ी निकालो। अब कोई नहीं रोकेगा।"

मैं बेसमेंट वापस आया। गौरव ने अपना बैग पैक कर रखा था। "क्या हुआ? पुलिस को बुलाया?" गौरव ने डरते हुए पूछा।

मैंने मुस्कुराकर टेबल पर **100** रुपये रखे। "नहीं। **बोर्ड मेंबर** को बुलाया। त्यागी जी अब हमारे **'चीफ सिक्योरिटी ऑफिसर'** हैं (अनौपचारिक रूप से)।"

गौरव का मुंह खुला का खुला रह गया। "तूने गुंडे को हायर कर लिया?"

"नहीं गौरव," मैंने लैपटॉप खोला। "मैंने गुंडे को **बिजनेसमैन** बना दिया। सदर बाज़ार में अगर टिकना है, तो शेर को मारना नहीं, उसे **पालना** पड़ता है।"

उस रात, मुझे नींद बहुत अच्छी आई। मैंने यूपीएससी में पढ़ा था– 'साम, दाम, दंड, भेद' । आज मैंने उसका प्रैक्टिकल कर लिया था।

समीर मसूरी में 'कानून' पढ़ रहा था। और मैं यहाँ दिल्ली में 'कानून' बना रहा था– **अपना कानून।**

अध्याय 13: 5 साल बाद – लाल बत्ती का सलाम

स्थान: विज्ञान भवन, नई दिल्ली। **मौका:** 'नेशनल स्टार्टअप अवार्ड्स' (प्रधानमंत्री की उपस्थिति में)।

स्टेज पर रौशनी इतनी तेज़ थी कि मुझे सामने बैठी भीड़ ठीक से दिखाई नहीं दे रही थी। लेकिन मुझे पता था कि वो वहाँ हैं—तीसरी लाइन, सीट नंबर 12 और 13। मेरे मम्मी और पापा। और उनके बगल में बैठी थी **काव्या,** जो आज मेरी 'गर्लफ्रेंड' नहीं, मेरी **पत्नी** और मेरी कंपनी की को-फाउंडर थी।

माइक पर एंकर ने कहा, "लेडीज़ एंड जेंटलमैन, प्लीज वेलकम द फाउंडर ऑफ़ 'भारत-मूव' (पूर्व में LoadShare) - इंडियाज़ फर्स्ट लॉजिस्टिक्स यूनिकॉर्न... **मिस्टर अभिमन्यु शर्मा !"**

तालियों की गड़गड़ाहट गूंज उठी। मैंने गहरी सांस ली। यह वो तालियां नहीं थीं जो किसी नेता के डर से बजती हैं। यह वो तालियां थीं जो **सम्मान (Respect)** में बजती हैं क्योंकि हमने भारत के **50,000** गांवों को शहरों से जोड़ा था।

पार्किंग लॉट और पुरानी यादें

समारोह ख़त्म होने के बाद हम नीचे उतरे। पापा ने अपना सबसे महंगा सूट पहना था (जो मैंने उन्हें जबरदस्ती दिलाया था)। उनकी छाती गर्व से इतनी फूली हुई थी कि कोट के बटन टूटने का डर था।

हम बाहर पोर्च **(Porch)** में अपनी गाड़ी का इंतज़ार कर रहे थे। तभी वहां सायरन की आवाज़ आई। **हूटर** की वही आवाज़ जो कभी मुझे डराती थी। सिक्योरिटी गार्ड्स दौड़ने लगे। "हटो! हटो! साहब आ रहे हैं!"

एक सफ़ेद इनोवा आकर रुकी। उसके आगे 'भारत सरकार' लिखा था। उसमें से एक अफ़सर उतरा। उसने खादी की

जैकेट पहनी थी, लेकिन चेहरे पर 5 साल पहले वाली (मुखर्जी नगर वाली) चमक नहीं थी। उसकी आँखों के नीचे गहरे काले घेरे थे, बाल थोड़े झड़ चुके थे (स्ट्रेस की वजह से), और पेट थोड़ा बाहर आ गया था।

समीर। अब वह डिप्टी सेक्रेटरी (डिप्टी **Secretary)** लेवल का अफ़सर था। रुतबा अभी भी था, लेकिन चाल में थकान ज्यादा थी।

पापा उसे देखकर अपनी पुरानी आदत के अनुसार 'सावधान' की मुद्रा में खड़े हो गए। समीर की नज़र हम पर पड़ी। वह रुका। एक पल के लिए उसने मुझे देखा– मेरे डिज़ाइनर सूट को, मेरे पीछे खड़ी काव्या को, और मेरे हाथ में उस 'ट्रॉफी' को।

वह धीरे-धीरे हमारे पास आया।

"हेलो अंकल," उसने झुककर पापा के पैर छुए।

पापा गदगद हो गए। "अरे समीर बेटा... अब तो बहुत बड़े अफ़सर बन गए हो। टीवी पर देखा था तुम्हें।"

समीर फीका मुस्कुराया। "बस अंकल... देश सेवा चल रही है।"

राजा vs क्लर्क

फिर वह मेरी तरफ मुड़ा। हम दोनों एक पल के लिए चुप रहे। 5 साल का फासला हमारी आँखों के सामने था।

"कांग्रेचुलेशन अभिमन्यु," उसने हाथ बढ़ाया। "सुना है तुम्हारी कंपनी अब 2 बिलियन डॉलर की हो गई है?"

"थैंक यू समीर," मैंने हाथ मिलाया। उसका हाथ ढीला था, जैसे सारी ऊर्जा निचोड़ ली गई हो। "तुम सुनाओ? कैसी चल रही है ब्यूरोक्रेसी? सिस्टम चला रहे हो न?"

समीर ने इधर-उधर देखा, फिर मेरी तरफ झुक कर धीमी आवाज़ में कहा: "क्या बताऊँ यार। बाहर से 'राजा' दिखते हैं, अंदर से **'क्लर्क'** बन गए हैं। सुबह मंत्री जी की डांट खाओ, शाम को विपक्ष के सवाल झेलो। हर साइन पर डर लगता है कि कहीं 10 साल बाद कोई इंक्वायरी न खुल जाए। ट्रांसफर का डर अलग। पिछले 5 साल में 4

बार शहर बदल चुका हूँ। बच्चे भी स्कूल बदलते-बदलते परेशान हैं।"

समीर की आवाज़ में एक **टीस (Pain)** थी। "सच कहूँ अभिमन्यु... उस दिन (रिजल्ट वाले दिन) मुझे लगा था मैंने 'रेस' जीती है। लेकिन आज लगता है कि मैं जिस पिंजरे का शेर बना हूँ, उसकी चाबी किसी और (नेताओं) के हाथ में है। और तू... तूने अपना जंगल खुद बनाया है। तू **आज़ाद** है।"

तभी उसका पीए **(PA)** दौड़ता हुआ आया। "सर, मिनिस्टर साहब बुला रहे हैं। अर्जेंट है। फाइल साइन करनी है।"

समीर के चेहरे पर फिर वही तनाव आ गया। "चलता हूँ भाई। कभी टाइम मिले तो... यार, मेरे डिपार्टमेंट में कुछ टेक-सोल्यूशन्स चाहिए थे। तेरी कंपनी हेल्प कर सकती है क्या? सरकारी वेंडर तो लूटते हैं।"

यह **अल्टीमेट मोमेंट** था।

"ज़रूर समीर," मैंने उसका कन्धा थपथपाया। "हमारा काम ही है सिस्टम को ठीक करना। तू प्रपोज़ल भेज, मैं अपनी बेस्ट टीम लगा दूंगा।"

समीर अपनी सरकारी गाड़ी में बैठकर चला गया–उसी **लाल बत्ती** के साथ, जो अब मुझे 'सम्मान' नहीं, बल्कि **'खतरे की घंटी'** लग रही थी।

पापा का अहसास

मैं पापा की तरफ मुड़ा। वो अभी भी उस जाती हुई गाड़ी की धूल को देख रहे थे।

"पापा?"

वो मेरी तरफ पलटे। उनकी आँखों में अब वो 'सुरक्षा' वाला मोह नहीं था।

"बेटा," उनकी आवाज़ भारी थी। "उन्होंने मेरे कंधे पर हाथ रखा। उनका हाथ कांप नहीं रहा था।

"बेटा," उनकी आवाज़ भारी थी। "आज तक मैंने सिर्फ़ 'साहब' देखे थे। आज पहली बार मैंने 'बॉस' देखा।"

मैं मुस्कुराया। "बॉस नहीं पापा, क्रिएटर (**Creator**)।"

हम बाहर पार्किंग में आए।

वहाँ मेरी गाड़ी खड़ी थी। कोई लाल बत्ती नहीं थी उस पर। लेकिन वो मेरी अपनी थी। बैंक की नहीं, सरकार की नहीं। मेरी।

मैंने जेब से एक चाबी निकाली और पापा के हाथ में रख दी।

"यह क्या है?" उन्होंने पूछा।

"यह हमारे नए घर की चाबी है पापा। नोएडा में। और सुनिए... यह सरकारी क्वार्टर नहीं है। यहाँ से कोई हमें रिटायरमेंट के बाद नहीं निकालेगा। और न ही यहाँ से कोई हमारा ट्रांसफर करेगा। यह हमारा स्थायी पता (**Permanent Address**) है।"

माँ की आँखों में आंसू आ गए। पापा ने उस चाबी को मुट्ठी में भींच लिया।

उस दिन मुझे लगा कि मैंने उनका **PF (Provident Fund)** ब्याज़ समेत वापस कर दिया है।

निष्कर्ष (The Final Thought):

मुखर्जी नगर की उन गलियों को छोड़े मुझे **5** साल हो गए हैं।कभी-कभी मैं सोचता हूँ कि अगर मैं डर गया होता, तो आज मैं किसी ज़िले में एक फाइल पर साइन कर रहा होता, यह सोचकर कि मेरा प्रमोशन कब होगा। आज मेरे पास 'पावर' नहीं है, पर 'इम्पैक्ट' **(Impact)** है।मेरे पास 'सरकारी बंगला' नहीं है, पर 'दुनिया' मेरा बाज़ार है।दोस्तों, लड़ाई लाल बत्ती **vs** यूनिकॉर्न की नहीं है।

लड़ाई 'सुरक्षित पिंजरे' **vs** 'खुले आसमान' की है।यूपीएससी गलत नहीं है। देश को अच्छे अफ़सरों की ज़रूरत है।लेकिन अगर आपका दिल 'रूल' **(Rule)** करने के लिए नहीं, बल्कि कुछ 'बिल्ड' **(Build)** करने के लिए धड़कता है... तो उस दिल की सुनिये।

क्योंकि इतिहास गवाह है–दुनिया को चलाते वो हैं जो लाल बत्ती में बैठते हैं।

लेकिन दुनिया को बदलते वो हैं जो गैराज में बैठकर यूनिकॉर्न बनाते हैं।

फैसला आपका है।बाबू बनोगे, या बॉस?

लेखक के विचार

दोस्तों, यह कहानी अभिमन्यु की नहीं है। यह **आपकी** है। आप में से जो अभी किसी **8x10** के कमरे में, लाइब्रेरी के किसी कोने में बैठकर यह सोच रहा है कि "अगर सिलेक्शन नहीं हुआ तो ज़िंदगी ख़त्म"...

तो याद रखना: **UPSC** एक बहुत अच्छी **नौकरी** है, पर स्टार्टअप (या अपने सपनों का पीछा करना) एक **ज़िंदगी** है।

दुनिया को चलाते वो हैं जो लाल बत्ती में बैठते हैं। लेकिन दुनिया को **बदलते** वो हैं जो गैराज में बैठकर सपने बुनते हैं।

चयन (**Choice**) आपका है। आपको बाबू बनना है, या बॉस? आपको इतिहास रटना है, या **इतिहास रचना है?**

-आर्यन शर्मा

लेखक के बारे में

आर्यन शर्मा एक लेखक, उद्यमी और आधुनिक भारत के एक मुखर पर्यवेक्षक (**Observer**) हैं। उनका मानना है कि भारत की असली क्षमता उसके युवाओं के 'जोखिम लेने की क्षमता' (**Risk Appetite**) में छिपी है, जिसे पुरानी सामाजिक मान्यताओं ने दबा रखा है।

तकनीक और सिस्टम की गहरी समझ रखने वाले आर्यन का लेखन सिर्फ़ समस्याओं को नहीं गिनता, बल्कि समाधान की बात करता है। वे अपनी कहानियों के माध्यम से उस 'औपनिवेशिक मानसिकता' (**Colonial Mindset**) पर प्रहार करते हैं जो आज भी हमें 'बाबू' बनने के लिए प्रेरित करती है, 'बॉस' बनने के लिए नहीं।

उनकी लेखनी में व्यंग्य (**Satire**) और तर्क (**Logic**) का अनूठा मिश्रण है। वे उन पाठकों की आवाज़ हैं जो यथास्थिति (**Status Quo**) को चुनौती देने का साहस रखते हैं। वे वर्तमान में भोपाल में रहते हैं और अपनी

अगली पुस्तक पर काम कर रहे हैं, जो भारतीय समाज की अनदेखी कुरीतियों पर आधारित होगी।

प्रकाशक की कलम से: ग्रीन सिग्नल क्यों?

Green Signal Publications " जहाँ दुनिया रेड सिग्नल दिखाती है, हम रास्ता बनाते हैं। "

हम सिर्फ़ किताबें नहीं छापते, हम विचारों को रफ़्तार देते हैं। हमारा उद्देश्य उन कहानियों को मंच देना है जो पाठकों को 'ठहरने' **(Settle)** की नहीं, बल्कि 'बढ़ने' **(Growth)** की प्रेरणा दें। कोई स्पीड ब्रेकर नहीं, कोई रेड टेप नहीं–सिर्फ़ ग्रीन सिग्नल।

Contact Details:

GreenSignalPublication@gmail.com

Green Signal Publications

www.ingramcontent.com/pod-product-compliance
Lightning Source LLC
LaVergne TN
LVHW100320210926
848480LV00003B/1202